冰 心 文 集

假如我是个作家

冰 心 — 著

当代世界出版社

图书在版编目（CIP）数据

假如我是个作家：冰心文集 / 冰心著. — 北京：当代世界出版社，2018.3
ISBN 978-7-5090-1315-1

Ⅰ.①假… Ⅱ.①冰… Ⅲ.①散文集—中国—现代 Ⅳ.①Ⅰ266

中国版本图书馆 CIP 数据核字（2018）第 000804 号

书　名：假如我是个作家
出版发行：当代世界出版社
地　址：北京市复兴路 4 号（100860）
网　址：http：// www.wordpress.org.cn
编务电话：（010）83908456
发行电话：（010）83908409
　　　　（010）83908455
　　　　（010）83908377
　　　　（010）83908423（邮购）
　　　　（010）83908410（传真）
经　销：全国新华书店
印　刷：北京鑫瑞兴印刷有限公司
开　本：680 毫米 ×960 毫米　1/16
印　张：18.75
字　数：195 千
版　次：2018 年 7 月第 1 版
印　次：2018 年 7 月第 1 次
书　号：978-7-5090-1315-1
定　价：39.80 元

如发现印装质量问题，请与承印厂联系调换。
版权所有，翻印必究，未经许可，不得转载！

目 录

上篇　谈谈写作

1--01	假如我是个作家	002
1--02	论"文学批评"	005
1--03	关于自传	007
1--04	我的文学生活	010
1--05	关于散文	023
1--06	谈点读书与写作的甘苦	026
1--07	《年华似锦》和《似锦年华》	057
1--08	创作谈	060
1--09	自传	063
1--10	我的第一篇文章	067
1--11	老舍的散文	069
1--12	题目出得好，作文就做得好	075

1 -- 13	介绍一篇好散文：读叶至诚的《假如我是一个作家》	078
1 -- 14	意外的收获	080
1 -- 15	我与散文	083
1 -- 16	话说散文	085
1 -- 17	也有想到而写不了的时候	087
1 -- 18	我家的茶事	089
1 -- 19	我和外国文学	093
1 -- 20	从"随"字想起的两段谜语	096
1 -- 21	话说"客来"	098
1 -- 22	纵谈"断句"	100
1 -- 23	谈散文	104
1 -- 24	提笔以前怎样安放你自己	106
1 -- 25	写作的练习	108
1 -- 26	我们的新春献礼：一束散文的鲜花	112
1 -- 27	谈信封信纸	115
1 -- 28	写作经验	118
1 -- 29	力构小窗随笔	123
1 -- 30	我看见了陶渊明	126
1 -- 31	感谢我们的语文老师	129

1--32	"轻不着纸"和"力透纸背"	132
1--33	《喜事盈门》给我的喜悦	135
1--34	玉工的启发	138
1--35	我做小说,何曾悲观呢	142
1--36	译书之我见	145
1--37	入世才人粲若花	149
1--38	观舞记:献给印度舞蹈家卡拉玛姐妹	154
1--39	北京的声音	159
1--40	漫谈《小橘灯》的写作经过	162

下篇　聊聊读书

2--01	怎样欣赏中国文学	166
2--02	《奶奶,我爱你》读后	182
2--03	春节忆春联	185
2--04	由春联想到联句	187
2--05	话说"相思"	190
2--06	我很喜欢陈祖德这一家子:喜读《超越自我》	194

2--07	谈巴金的《随想录》	198
2--08	我这一辈子还未有过可称为"书斋"的书斋	202
2--09	介绍三篇好小说	206
2--10	我的一天作家生活	211
2--11	介绍三篇小说和三篇散文	214
2--12	埋在记忆最底层的一本书	219
2--13	谢家墙上的对联	224
2--14	儿童是最真诚的	227
2--15	再谈我家的对联	231
2--16	谈孟子和民主	234
2--17	介绍《铁血情缘》	236
2--18	介绍《蓝热》	238
2--19	教师节引起的联想	242
2--20	又想起一首诗	244
2--21	介绍一篇好小说：刘平的《代笔》	247
2--22	我与古典文学	249
2--23	清朝两位诗人的诗	251
2--24	读了《北京城杂忆》	253

2—25	话说"秀才不出门":我的一天	257
2—26	给下一代提供精神食粮:读复刊后的《儿童文学》	259
2—27	多给孩子们写这样的作品:介绍《小仆人》和《旅伴》	263
2—28	《海市》打动了我的心	267
2—29	读书	272
2—30	《华夏诸神》读后	275
2—31	"是非"	277
2—32	淡泊以明志,宁静以致远	279
2—33	我祖父的自勉词	281
2—34	忆读书	283
2—35	雪窗驰想	287

上篇 谈谈写作

1 / 01
假如我是个作家

假如我是个作家,我只愿我的作品入到他人脑中的时候,平常的,不在意的,没有一句话说;流水般过去了,不值得赞扬,更不屑得评驳;然而,在他的生活中痛苦或快乐临到时,他便模糊地想起,好像这光景曾在谁的文字里描写过。这时我便要流下快乐之泪了!

假如我是个作家,我只愿我的作品被一切友伴和同时有学问的人轻蔑、讥笑;然而在孩子、农夫,和愚拙的妇人,他们听过之后,慢慢地低头,深深地思索,我听得见"同情"在他们心中鼓荡。这时我便要流下快乐之泪了!

假如我是个作家,我只愿我的作品,在世界中无有声息,没有人批评,更没有人注意;只有我自己在寂寥的白日或深夜,对着明明的月、丝丝的雨、飒飒的风,低声念诵时,能以再现几幅不模糊的图画。这时我便要流下快乐之泪了!

假如我是个作家,我只愿我的作品在人间不露光芒,没个人听闻,没个人念诵,只我自己忧愁、快乐,或是独对无限的自然,能以自由抒写,当我积压的思想发落到纸上。这时我便要流下快乐之泪了!

一九二二年一月十八日

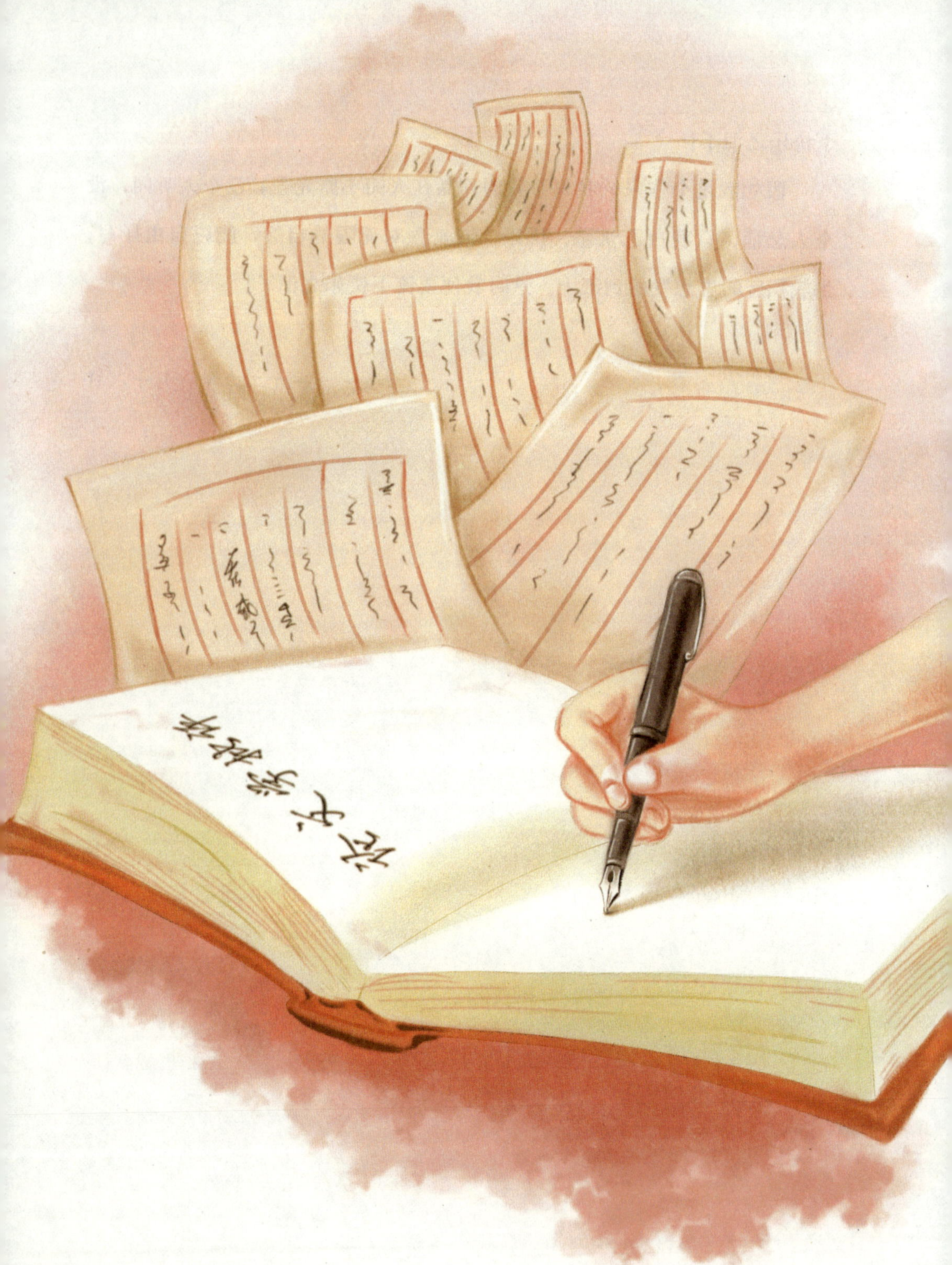

1–02 论"文学批评"

真正的文学作品,是充满了情绪的。作者写了,读者看了,在他们精神接触的时候,自然而然地要生出种种的了解和批评。

精神接触,能生同情,同时也更能生出不同情。"不同情的同情",就是完全的翻转作品的全面,从忧郁转到欢愉,从欢愉转到忧郁,只对于我们眼中的文字,大表同情;虽然也是一般的称扬赞叹,然而在作者一方面,已经完全地失了那作品的原意和价值。

我深深地感到,在我们读者生出种种的了解和批评的时候,对于作者几乎是丝毫不负责任的。缘故是作者的遗传和环境,和作者的人生哲学,我们不能详细地知道——或者完全不知道——他写那文字时候的动机是什么,我们也更不能知道。此外我们在读阅的时候,还有自己的一面的心境和成见。抱定这个心境和成见,不假思索地向前走,去批评文学作品,**如**

同戴蓝眼镜一般，天地异色。——结果不必我多说，只可怜作者受了无限的同情的冤枉！

我们不能不深深地承认，在我们不明白了解作者自己以前，作品的批评是正和作品的原意相反的。"不同情的同情"的赞扬，毁坏创作的程度，是更高于同情的攻击的。——最不幸的是我们好意的赞扬，在不自觉里或者便要消灭了几个胆怯的作家！

作者只能有一个，读者同时便可以有千万。千万种的心境和成见底下，浮现出来的作品，便可以有千万的化身。作品的原意，已经片片地撕碎了。

作者——不灰心的作者——要避开这种危险，只有在他的作品底下，加上百千万字的注释。——我个人方面万不愿陷作者于加注释的地步，使他活泼泼的作品成为典故式的诗文。

这样，便是要从世界上，根本地消灭了真正的"文学"！

在世界的作家面前，我是读者之一。我要承认，我要谢罪，我更要深深地应许。他的星儿射出来的光，他的花儿发出来的香，在我未十分明白了解以前，自我这一方面反映出来时，决不使他们受我丝毫的影响。我只有静默，只有瞻望，只有这漠漠的至诚，来敬礼我现在所不能明了，不能探索的神圣文学！

一九二二年一月二十六日

关于自传

蓬子先生来信叫我为《文坛》写稿，并说最好能作一小传。真是一部二十四史，何从说起。十年前就有书店约我写自传，我没有答应，我觉得我这个人并没有写自传的资格。

"若有其事"地写了出来，未免令人笑话，而且我的生命中，也没有什么太与别人不同的地方。还有，我总觉得以自己来叙述自己，描写自己，主观的情感奔放之余，不免有两种危险：一种是意识的不忠实，一种是下意识的夸大。这两种毛病都会减少文字上的真和美。

六年前的冬季，我在伦敦，找房子住，天天看广告。有一次看到一条广告，说是有一间广大的卧房，带有浴室，后面对街一个 Backgarden。这 Backgarden 译出来，就是"后花园"，至少也会像北平的"后院"，我欣然立刻去看，一看之下，大失所望。原来我意想中以为是"后花园"的，不过是一块豆腐干大的污湿的草地，用篱笆围了起来，篱前放着鸡笼和狗屋！

下午到女作家乌福女士（伍尔夫 Virginia Woolf）处吃茶，无意中提起这个笑话，我说："我们中国的后花园，是可以'订终身'的地方。再不济也有一个亭子，几盆花草，几根树。比如我们老家的后花园，在故家中，算是很小的，却也比我今天所看的大到几百倍……"她也大笑。从那里我们就说中国的园林，中国的岁时节序，中国大家庭的种种风俗习惯，说到我的祖父，我的童年……

她忽然说："你为什么不写一本自传，把这些都详细地描写下来？这对于我们外国人，一定是很有价值的。你赶紧写，我替你翻译。"

我谢了她，说："难得你如此热心，我回国后就开始，希望你不厌烦才好。"

我回国后不到一个星期，中日战事就爆发了。在迁徙流离之中，我始终找不到写长篇文字的时间。去年夏天又得到了乌福女士自杀的消息，写自传的兴趣，也就减到零度。

不过和几个学优生学、社会学的朋友谈起，他们仍是鼓励我写，他们说一个人的遗传和环境，和他个人的理想与成就，是有种可寻迹的关系的，客观地写了出来，无论好坏，都有历史上的价值。我想想倒也不错。我是生在庚子年后，中国的一切，都有极大的转变，假若只把自己当作一条线索，来联络起四十年来周围一切的事实，也许可以使后人在历史之外，得到一个更生动更详尽的参考。而且在不以自己为中心的描写之中，也许使"渺小"的我，敢于下笔。

我还不知道什么时候可以开始写，一则在抗战期间，故乡隔绝，许多有关的文献都找不到——例如祖父和父亲的年谱——二则有些朋友预先断定到这本自传的失败，说是关于有些事件，也许不会写得太详细，太忠实，不过我仍想尝试，也许等到文献易于收集，同时自己年纪再大一点的时候，我能够更从容、更准确、更客观地写了下来，使人知道在抗战以前四十年中一个小小生命的社会背景。

因着蓬子先生的来稿，特自述我的愿望如上。

一九三一年三月二十八日夜，歌乐山。

我的文学生活

我从来没有刊行全集的意思。因为我觉得：

一，如果一个作家有了特殊的作风，使读者看了他一部分的作品之后，愿意读他作品的全部，他可以因着读者的要求，而刊行全集。在这一点上，我向来不敢有这样的自信。

二，或是一个作家，到了中年，或老年，他的作品，在量和质上，都很可观。他自己愿意整理了，作一段结束，这样也可以刊行全集。我呢，现在还未到中年；作品的质量，也未有可观；更没有出全集的必要。

前年的春天，有一个小朋友，笑嘻嘻地来和我说："你又有新创作了，怎么不送我一本？"我问是哪一本。他说是《冰心女士第一集》。我愕然，觉得很奇怪！以后听说二三集陆续地也出来了。从朋友处借几本来看，内容倒都是我自己的创作。而选集之芜杂，序言之颠倒，题目之变换，封面之丑俗，使我看了很不痛快。上面印着上海新文学社，或是北平合成书社印行。我知道北平上海没有这些书局，这定是北平坊间的印本！

过不多时，几个印行我的作品的书局，如北新、开明等，来和我商量，要我控诉禁止。

虽然我觉得我们的法律，对于著作权、出版权，向来就没有保障，控诉也不见得有效力，我却也写了委托的信，请他们去全权办理。已是两年多了，而每次到各书店书摊上去，仍能看见红红绿绿的《冰心女士》种种的集子，由种种书店印行的，我觉得很奇怪。

去年春天，我又到东安市场去。在一个书摊上，一个年轻的伙计，陪笑地递过一本《冰心女士全集续编》来，说："您买这么一本看看，倒有意思。这是一个女人写的。"我笑了，我说："我都已看见过了。"他说："这一本是新出的，您翻翻！"我接过来一翻目录，却有几段如《我不知为你洒了多少眼泪》《安慰》《疯了的父亲》《给哥哥的一封信》等，忽然引起我的注意。站在摊旁，匆匆地看了一过，我不由得生起气来！这几篇不知是谁写的。文字不是我的，思想更不是我的，让我掠美了！我生平不敢掠美，也更不愿意人家随便借用我的名字。

北新书局的主人说：禁止的呈文上去了，而禁者自禁，出者自出！唯一的纠正办法，就是由我自己把作品整理整理，出一部真的全集。我想这倒也是个办法。真的假的，倒是小事，回头再出一两本三续编、四续编来，也许就出更大的笑话！我就下了决心，来编一本我向来所不敢出的全集。

感谢熊秉三先生，承他老人家将香山双清别墅在桃花盛开、春光烂漫的时候，借给我们，使我能将去秋欠下的序文，从容清付。

雄伟突兀的松干,撑着一片苍绿,簇拥在栏前。柔媚的桃花,含笑地掩映在松隙里,如同天真的小孙女,在祖父怀里撒娇。左右山嶂,夹着远远的平原,在清晨的阳光下,拥托着一天春气。石桌上,我翻阅了十年来的创作;十年前,二十年前的往事,都奔凑到眼前来。

我觉得不妨将我的从未道出的,许多创作的背景,呈诉给读我"全集"的人。

我从小是个孤寂的孩子,住在芝罘东山的海边上,三四岁刚懂事的时候,整年整月所看见的:只是青郁的山,无边的海,蓝衣的水兵,灰白的军舰。所听见的,只是:山风,海涛,嘹亮的口号,清晨深夜的喇叭。生活的单调,使我的思想的发展,不和常态的小女孩,同其径路。我终日在海隅山陬奔游,和水兵们做朋友。虽然从四岁起,便跟着母亲认字片,对于文字,我却不发生兴趣。还记得有一次,母亲关我在屋里,叫我认字,我却挣扎着要出去。父亲便在外面,用马鞭子重重地敲着堂屋的桌子,吓唬我。可是从未打到过我头上的马鞭子,也从未把我爱跑的癖气吓唬回去!

刮风下雨,我出不去的时候,便缠着母亲或奶娘,请她们说故事。把"老虎姨""蛇郎""牛郎织女""梁山伯祝英台"等,都听完之后,我又不肯安分了。那时我已认得二三百个字,我的大弟弟已经出世,我的老师,已不是母亲,而是我的舅舅——杨子敬先生——了。舅舅知道我爱听故事,便应许在我每天功课做完,晚餐之后,给我讲故事。头一部书讲的,便是《三国志》。三国的故事比"牛郎织女"痛快得多。

我听得晚上舍不得睡觉。每夜总是奶娘哄着,脱鞋解衣,哭着上床。而白日的功课,却做得加倍勤奋。舅舅是有职务的人,公务一忙,讲书便

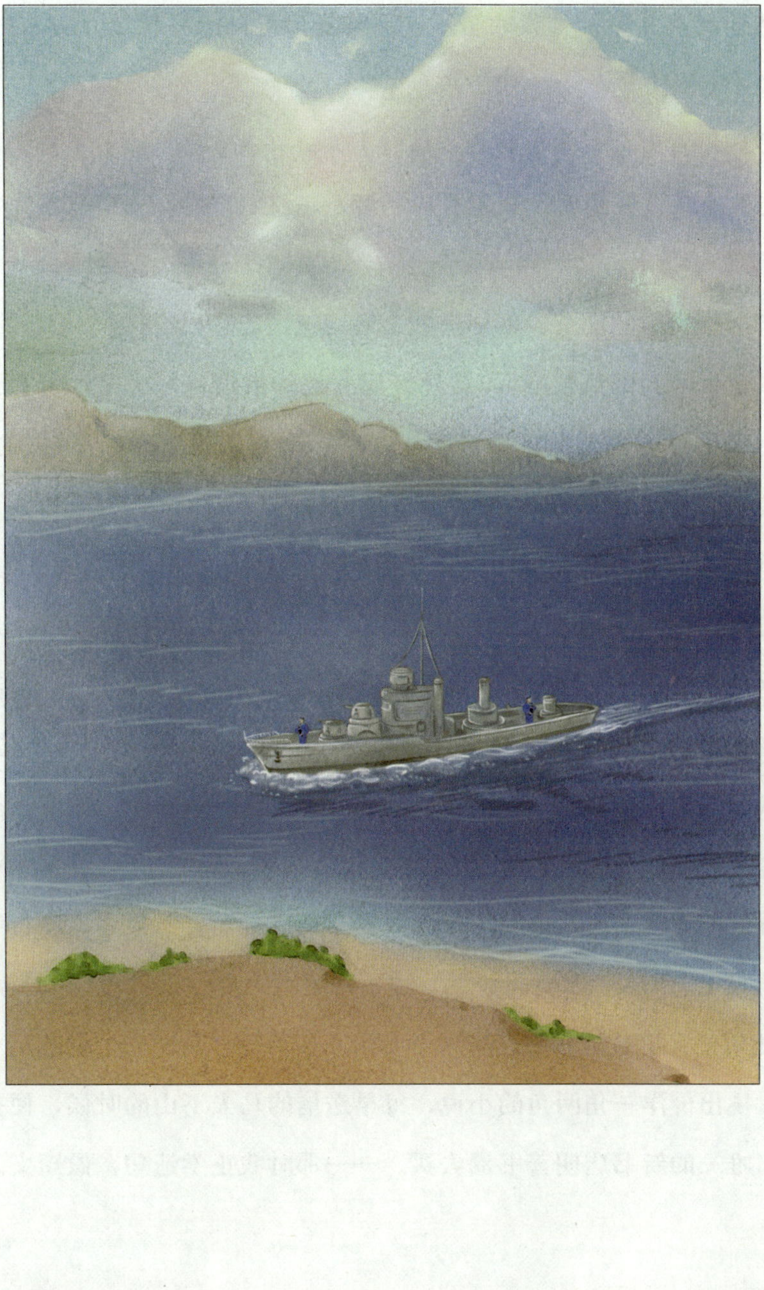

常常中止。有时竟然间断了五六天。

我便急得热锅上的蚂蚁一般。天天晚上，在舅舅的书桌边徘徊。

然而舅舅并不接受我的暗示！至终我只得自己拿起《三国志》来看，那时我才七岁。

我囫囵吞枣，一知半解的，直看下去。许多字形，因着重复呈现的关系，居然字义被我猜着。我越看越了解，越感着兴趣，一口气看完《三国志》，又拿起《水浒传》和《聊斋志异》。

那时，父亲的朋友，都知道我会看《三国志》。觉得一个七岁的孩子，会讲"董太师大闹凤仪亭"，是件好玩有趣的事情。每次父亲带我到兵船上去，他们总是把我抱坐在圆桌子当中，叫我讲《三国》。讲书的报酬，便是他们在海天无际的航行中，唯一消遣品的小说。

我所得的大半是商务印书馆出版的林译说部，如《孝女耐儿传》《滑稽外史》《块肉余生述》之类。从船上回来，我欢喜地前面跳跃着；后面白衣的水兵，抱着一大包小说，笑着，跟着我走。

这时我自己偷偷地也写小说。第一部是白话的《落草山英雄传》，是介乎《三国志》《水浒传》中间的一种东西。写到第三回，便停止了。因为"金鼓齐鸣，刀枪并举"，重复到几十次，便写得没劲了。我又换了《聊斋志异》的体裁，用文言写了一部《梦草斋志异》。"某显者，多行不道"，重复地写了十几次，又觉得没劲，也不写了。

此后便又尽量地看书。从《孝女耐儿传》等书后面的"说部丛书"目录里，挑出价洋一角两角的小说，每早送信的马夫下山的时候，便托他到芝罘市唯一的新书店明善书局去买。——那时我正学造句，做短文。做得好时，先生便批上"赏小洋一角"，我为要买小说，便努力作文——这时我看书看迷了，真是手不释卷。海边也不去了，头也不梳，脸也不洗；看完书，自己喜笑，自己流泪。母亲在旁边看着，觉得忧虑；竭力地劝我出去玩，我也不听。有一次母亲急了，将我手里的《聊斋志异·卷一》，夺了过去，撕成两段。我赵趄地走过去，拾起地上半段的《聊斋》来又看，逗得母亲反笑了。

舅舅是老同盟会会员。常常有朋友从南边，或日本，在肉松或茶叶罐里，寄了禁书来，如《天讨》之类。我也学着他们，在夜里无人时偷看。渐渐地对于国事，也关心了，那时我们看的报，是上海《神州日报》《民呼报》。于是旧小说，新小说，和报纸，同时并进。

到了十一岁，我已看完了全部"说部丛书"，以及《西游记》《水浒传》，《天雨花》《再生缘》《儿女英雄传》《说岳》《东周列国志》，等等。其中我最不喜欢的是《封神演义》，最觉得无味的是《红楼梦》。

十岁的时候，我的表舅父王光逢先生，从南方来。舅舅把老师的职分让给了他。第一次他拉着我的手，谈了几句话，便对父亲夸我"吐属风流"。——我自从爱看书，一切的字形，我都注意。人家堂屋的对联；天后宫、龙王庙的匾额、碑碣；包裹果饵的招牌纸；香烟画片后面，格言式的短句子……我都记得烂熟。这些都能助我的谈锋。——但是上了几天课，多谈几次以后，表舅发现了我的"三教九流"式的学问，便委婉地劝诫我，说读书当精而不滥。于是我的读本，除了《国文教科书》以外，又添了《论语》《左传》和《唐诗》。（还有种种新旧的散文，旧的如《班昭女诫》，新的如《饮冰室自由书》。）直至那时，我才开始和经诗接触。

光逢表舅是我有生以来，第一个好先生！因着他的善诱，我发疯似的爱了诗。同时对于小说的热情，稍微地淡了下去。

我学对对子，看诗韵。父亲和朋友们，开诗社的时候，也许我旁听。我要求表舅教给我作诗，他总是不肯，只许我作论文。直到我在课外，自己作了一二首七绝，呈给他看，他才略替我改削改削。这时我对于课内书的兴味，最为浓厚。又因小说差不多的已都看过，便把小说无形中丢开了。

辛亥革命起，我们正在全家回南的道上。到了福州，祖父书房里，满屋满架的书，引得我整天黏在他老人家身边，成了个最得宠的孙儿。但是小孩子终是小孩子，我有生以来，第一次和姊妹们接触。（我们大家庭里，连中表，有十来个姊妹。）

这调脂弄粉、添香焚麝的生活，也曾使我惊异沉迷。新年、元夜、端午、中秋的烛光灯影，使我觉得走入古人的诗中！玩的时候多，看书的时候便少。此外因为我又进了几个月的学校——福州女师——开始接触了种种的浅近的科学，我的注意范围，无形中又加广了。

一九一三年（民国二年），全家又跟着父亲到北京来。这一年中没有正式读书。我的生活，是：弟弟们上课的时候，我自己看杂志。如母亲订阅的《妇女杂志》《小说月报》之类。

从杂志后面的"文苑栏"，我才开始知道"词"，于是又开始看各种的词。等到弟弟们放了学，我就给他们说故事。不是根据着书，却也不是完全杜撰。只是将我看过的新旧译著几百种的小说，人物布局，差来错去地胡凑，也自成片段，也能使小孩子们聚精凝神、笑啼间作。

一年中，讲过三百多段信口开河的故事，写过几篇从无结局的文言长篇小说——其中我记得有一篇《女侦探》，一篇《自由花》，是一个女革命家的故事——以后，一九一四年的秋天，我便进了北京贝满女中。教会学校的课程，向来是严紧的，我的科学根底又浅；同时开始在团体中，发现了竞争心，便一天到晚地，尽做功课。

中学四年之中，没有显著地看什么课外的新小说（这时我爱看笔记小说，以及短篇的旧小说，如《虞初志》之类）。

我所得的只是英文知识，同时因着基督教义的影响，潜隐地形成了我自己的"爱"的哲学。

我开始写作，是一九一九年，五四运动以后。——那时我在协和女大，后来并入燕京大学，称为燕大女校。——五四运动起时，我正陪着二弟，住在德国医院养病，被女校的学生会叫回来当文书。同时又选上女学界联合会的宣传股。

联合会还叫我们将宣传的文字，除了会刊外，再找报纸去发表。我找到《晨报副刊》，因为我的表兄刘放园先生，是《晨报》的编辑。那时我才正式用白话试作，用的是我的学名谢婉莹，发表的是职务内应作的宣传的文字。

放园表兄，觉得我还能写，便不断地寄《新潮》《新青年》《改造》等十几种新出的杂志，给我看。这时我看课外书的兴味，又突然浓厚起来，我从书报上，知道了杜威和罗素，也知道了托尔斯泰和泰戈尔。这时我才懂得小说里有哲学的，我的爱小说的心情，又显著地浮现了。我酝酿了些时，写了一篇小说《两个家庭》，很羞怯地交给放园表兄。用冰心为笔名，一来是因为冰心两字，笔画简单好写，而且是莹字的含义；二来是我太胆小，怕人家笑话批评。冰心这两个字，是新的，人家看到的时候，不会想到这两字和谢婉莹有什么关系。

稿子寄去后，我连问他们要不要的勇气都没有！三天之后，居然登出了。在报纸上看到自己的创作，觉得有说不出的高兴。放园表兄，又竭力地鼓励我再作。我一口气又做了下去，那时几乎每星期有出品，而且多半是问题小说，如《斯人独憔悴》《去国》《庄鸿的姊姊》之类。

这时做功课，简直是敷衍！下了学，便把书本丢开，一心只想作小说。眼前的问题做完了，搜索枯肠的时候，一切回忆中的事物，都活跃了起来。快乐的童年，大海，荷枪的兵士，供给了我许多的单调的材料。回忆中又渗入了一知半解，肤浅零碎的哲理。第二期——一九二〇年至一九二一年的作品，小说便是《国旗》《鱼儿》《一个不重要的兵丁》，等等；散文便是《无限之生的界线》《问答词》，等等。

谈到零碎的思想，要联带着说一说《繁星》和《春水》。

这两本"零碎的思想"，使我受了无限的冤枉！我吞咽了十年的话，我要倾吐出来了。

《繁星》《春水》不是诗。至少是那时的我，不在立意作诗。我对于新诗，还不了解，很怀疑，也不敢尝试。我以为诗的重心，在内容而不在形式。同时无韵而冗长的诗，若是不分行来写，又容易与"诗的散文"相混。

我写《繁星》，正如跋言中所说，因着看泰戈尔的《飞鸟集》，而仿用他的形式，来收集我零碎的思想。（所以《繁星》第一天在《晨副》登出的时候，是在"新文艺"栏内。登出的前一夜，放园从电话内问我："这是什么？"我很不好意思地说："这是小杂感一类的东西……"）

我立意作诗，还是受了《晨报副刊》记者的鼓励。一九二一年六月二十三日，我在西山写了一段《可爱的》，寄到《晨副》去，以后是这样地登出了，下边还有记者的一段按语：

除了宇宙，最可爱的只有孩子。和他说话不必思索，态度不必矜持。抬起头来说笑，低下头去弄水。任你深思也好，微讴也好；驴背上，山门下，偶一回头望时，总是活泼泼的，笑嘻嘻的。

这篇小文，很饶诗趣，把它一行行地分写了，放在诗栏里，也没有不可。（分写连写，本来无甚关系，是诗不是诗，须看文字的内容。）好在我们分栏，只是分个大概，并不限定某些必当登载怎样怎样一类的文字，杂感栏也曾登过些极饶诗趣的东西，那么，本栏与诗栏，不是今天才打通的。

于是畏怯的我，胆子渐渐地大了，我也想打开我心中的文栏与诗栏。几个月之后，我分行写了几首《病的诗人》。第二首是有韵的。因为我终觉得诗的形式，无论如何自由，而音韵在可能的范围内，总是应该有的。此后陆续地又做了些。

但没有一首，自己觉得满意的。

那年，文学研究会同人，主持《小说月报》。我的稿子，也常在那上面发表。那时的作品，仍是小说居多，如《笑》《超人》《寂寞》等，思想和从前差不了多少。在字句上，我自己似乎觉得，比从前凝练一些。

一九二三年秋天,我到美国去。这时我的注意力,不在小说,而在通讯。因为我觉得用通讯体裁来写文字,有个对象,情感比较容易着实。同时通讯也最自由,可以在一段文字中,说许多零碎的有趣的事。结果,在美三年中,写成了二十九封寄小读者的信。我原来是想用小孩子口气,说天真话的,不想越写越不像!这是个不能避免的失败。但是我三年中的国外的经历,和病中的感想,却因此能很自由地速记了下来,我觉得欢喜。

这时期中的作品,除通讯外,还有小说,如《悟》《剧后》等。诗则很少,只有《赴敌》《赞美所见》等。还有《往事》的后十则,——前二十则,是在国内写的。——那就是放大的《繁星》和《春水》,不知道读者觉得不觉得?——在美的末一年,大半的光阴,用在汉诗英译里。创作的机会就更少了。

一九二六年,回国以后直至一九二九年,简直没有写出一个字。若有之,恐怕只是一两首诗如《我爱,归来吧,我爱》《往事集自序》等。缘故是因为那时我忙于课务,家又远在上海,假期和空下来的时间,差不多都用在南下北上之中,以及和海外的藻通信里。如今那些信件,还堆在藻的箱底。现在检点数量,觉得那三年之中,我并不是没有创作!

一九二九年六月,我们结婚以后,正是两家多事之秋。我的母亲和藻的父亲相继逝世。

我们的光阴,完全用在病苦奔波之中。这时期内我只写了两篇小说,《三年》和《第一次宴会》。

此后算是休息了一年。一九三一年二月,我的孩子宗生便出世了。这一年中只写了一篇《分》,译了一本《先知》(The Prophet),写了一篇《南归》，是纪念我的母亲的。

以往的创作，原不止这些，只将在思想和创作的时期上，有关系的种种作品，按着体裁，按着发表的次序，分为三部：

一，小说之部，共有《两个家庭》等二十九篇。

二，诗之部，有《迎神曲》等三十四首，附《繁星》和《春水》。

三，散文之部，有《遥寄印度哲人泰戈尔》《梦》《到青龙桥去》《南归》等十一篇，附《往事三十则》，寄小读者的信二十九封，《山中记事》十则。开始写作以后的作品，值得道及的，尽于此了！

从头看看十年来自己的创作和十年来国内的文坛，我微微地起了感慨，我觉得我如同一个卖花的老者，挑着早春的淡弱的花朵，歇担在中途。在我喘息挥汗之顷，我看见许多少年精壮的园丁，满挑着鲜艳的花，葱绿的草和红熟的果儿，从我面前如飞地过去。我看着只有惊讶，只有艳羡，只有悲哀。然而我仍想努力！我知道我的弱点，也知我的长处。

我不是一个有学问的人，也没有喷溢的情感，然而我有坚定的信仰和深厚的同情。在平凡的小小的事物上，我仍宝贵着自己的一方园地。我要栽下平凡的小小的花，给平凡的小小的人看！

我敬谨致谢于我亲爱的读者之前！十年来，我曾得到许多褒和贬的批评。我惭愧我不配受过分的赞扬。至于对我作品缺点的指摘，虽然我不曾申说过半句话，只要是批评中没有误会，在沉默里，我总是满怀着乐意在接受。

我也要感谢许多小读者！年来接到你们许多信函，天真沉挚的言词，往往使我看了，受极大的感动。我知道我的笔力，宜散文而不宜诗。又知道我认识孩子烂漫的天真，过于大人复杂的心理。将来的创作，仍要多在描写孩子上努力。

重温这些旧作，我又是如何地追想当年戴起眼镜，含笑看稿的母亲！我虽然十年来讳莫如深，怕在人前承认，怕人看见我的未发表的稿子。而我每次做完一篇文字，总是先捧到母亲面前。她是我的最忠实最热诚的批评者，常常指出了我文字中许多的牵强与错误。假若这次她也在这里，花香鸟语之中，廊前倚坐，听泉看山。同时守着她唯一爱女的我，低首疾书，整理着十年来的乱稿，不知她要如何的适意、喜欢！

上海虹桥的坟园之中，数月来母亲温静的慈魂，也许被不断的炮声惊碎！今天又是清明节，二弟在北平城里，陪着父亲；大弟在汉口；三弟还不知在大海的哪一片水上；一家子飘萍似的分散着！不知上海兵燹之余，可曾有人在你的坟头供上花朵？……安眠罢，我的慈母！上帝永远慰护你温静的灵魂！

最后我要谢谢纪和江，两个陪我上山，宛宛婴婴的女孩子。我写序时，她们忙忙地抄稿。我写倦了的时候，她们陪我游山。花里，泉边，她们娇脆的笑声，唤回我十年前活泼的心情，予我以无边的快感。我一生只要孩子们追随着我，我要生活在孩子的群中！

一九三二年清明节，香山，双清别墅。

关于散文

1
--
05

散文是我所最喜爱的文学形式。但是若追问我散文是什么,我却说不好。如同人家向我打听一个我很熟悉的朋友,他有什么特征?有什么好处?我倒一时无从说起了。

我想,我可以说它不是什么:比如说它不是诗词,不是小说,不是歌曲,不是戏剧,不是洋洋数万言的充满了数字的报告……

我也可以说,散文的范围包括得很宽,比如说通讯、特写、游记、杂文、小品文等,我们中国是个散文成绩最辉煌、作者最众多的国家。我们所熟读、所喜爱的《秋声赋》《前后赤壁赋》《陋室铭》《五柳先生传》《岳阳楼记》《陈情表》《李陵答苏武书》《吊古战场文》《卖柑者言》……

不管它是"赋"、是"铭"、是"传"、是"记"、是"表"、是"书"、是"文"、是"言"……其实都可以归入散文一类。我们的前辈作家,拿散文来抒情，来说理，来歌颂，来讽刺，在短小的篇幅之中，有时"大题小做"，纳须弥于芥子，有时"小题大做"，从一粒砂来看一个世界，真是从心所欲，丰富多彩！

散文又是短小自由，拈得起放得下的最方便最锋利的文学形式，最适宜于我们这个光彩辉煌的跃进时代。排山倒海而来的建设事业和生龙活虎般的人物形象，像一声巨雷一闪明电在你耳边眼前炫耀地隆隆地迅速过去了，若不在情感涌溢之顷，迅速把它抓回，按在纸上，它就永远消逝得无处追寻。

因此，要捉住"灵感"，写散文就比作诗容易多了，诗究竟是"作"的，少不得要注意些格律声韵，流畅的诗情，一下子在声韵格律上涩住了！"水泉冷涩弦凝绝，凝绝不通声渐歇。"这一歇也许要歇上几天——几十天，也许歇得只剩下些断句。

但是，散文却可以写得铿锵得像诗，雄壮得像军歌，生动曲折得像小说，活泼尖利得像戏剧的对话。而且当作者"神来"之顷，不但他笔下所挥写的形象会光华四射，作者自己的风格也跃然纸上了。

文章写到有了风格，必须是作者自己对于他所描述的人、物、情、景，有着浓厚真挚的情感，他的抑制不住冲口而出的，不是人云亦云东抄西袭的语言，乃是代表他自己的情感的独特的语言。这语言乃是他从多读书、善融化得来的鲜明、生动、有力、甚至有音乐性的语言。

我认为我们近代的散文不是没有成绩的，特别是解放后，全国遍地的新人新事，影响鼓舞了许多作者。不但小说家、剧作家、诗人也在写散文，报刊上还有许多特写、通讯式的文章，以崭新的面貌与气息出现在读者的面前。而且有风格的散文作者，也不算太少，我自己所最爱看的（以写作篇幅的长短为序），就有刘白羽、魏巍与郭风。

一九五九年七月十四日，北京。

谈点读书与写作的甘苦

今天，校长同志要我来跟大家讲几句话，我真是诚惶诚恐，因为同志们是在职干部，水平高，生活经验丰富，我感到我是没有资格到这里来讲话的。但是我又想，这不过是这一学期的第一讲，有如戏的开场，好戏还在后头。记得我小时候看戏，头一出戏总是跳加官，唱戏的人穿着红袍子戴着面具出来，一句话也不说，只是手里拿着一块红缎子，或者是一张纸，上面写着"指日高升"四个大字，亮给大家看。我今天也只是来祝贺大家精神愉快，学业进步，指日高升。我能起的作用也就在此。

我曾经对校长同志诉过苦，说我这个人是个不学无术的人，没有什么"学"可"讲"。

"不学"，就是没有学问，如果大家想从我这里得到什么，那是得不到的；"无术"，就是没有什么技术，如果大家希望听我讲完以后，就能知道怎样写作，而且写得很好，那也是会失望的。那么，我凭什么来的呢？

就是凭我有差不多四十多年的写作经验，写的是好，是不好，读者的眼睛是雪亮的，既不容许你过分谦虚，也不容许你夸大。今天，我只能把我写作时的甘苦，以及失败的地方告诉大家，希望大家不要照我那样失败下去。假如我还有点成就的话，我也要告诉大家，这成就是怎样得来的。但是就是这样地讲，我也不知道从哪里讲起，所以我请校长同志搜集了一些同学们提出的问题，现在我就照着这些问题来回答，这就好像一个毕业生的答辩似的，答辩得不好，就请大家批评。

第一个问题：几年来，您参加过一些国际活动，在同国际友人接触中，你感受最深的、最突出的事例有哪些？您怎样写下那些感受？

关于这个问题可讲的话，是几天也讲不完的，现在我只能挑选我最受感动的来讲了。至于问我是怎样把它写成文章的，这就很难说，因为有的东西不能写，也没法子写，原因是或者太感动了，找不出适当的词句来表达；或者是在目前的情况下还不能写；有的甚至于是长时期都不能写。这不是我回避，的确是有这种情形。

我所参加的国际活动，都是人民外交活动。人民外交是服从于我国对外政策总路线的。

这个政策，使我们能够紧紧地和各国人民、各国代表们团结在一起。我们感到中国代表们到处都能够得到各国人民的欢迎。中国代表的发言，总是能够得到各国人民的支持。我们在和各国人民、各国代表的接触中，有好多事例可以谈，但是有的真不容易谈。现在我只能举几个我最受感动的事例来谈一下。

一九五三年，我参加中印友协的代表团，到印度去访问。

我们所接触的多半是上层人士，和人民只是在群众大会上见面，没有多谈话，但是即使是短短的接触也使我们很受感动。

有一次，印度主人请我们到一个集会上听音乐。印度的音乐和我们的不一样，分时令和时间，有些乐章是应该在早晨听的，有些是中午听的，有些是黄昏听的，有些是夜半听的。

这一天，我们已经开过大小七次会了，当他们请听夜半音乐的时候，我们本想婉言辞谢，但是，他们说音乐会的演奏很好，一定要听，所以我们就去了。我们都不懂印度音乐。唯恐因太困而睡着了，结果因为音乐很好听，我们没有睡。但是听完以后，已经是大半夜了，我们在回来的车上就睡着了，睡梦中忽然感到汽车停了，睁眼一看，司机也不在了，深夜荒郊，我们觉得很害怕，但也只好等着。过了一会儿，看见司机从老远老远的地方，慢慢地走来，而且还扶着两个人，一个老头，一个老太太，都穿的白衣服，老头腋下还架着一根拐，司机就通过翻译跟我们讲：这两位是我的父母，我的父亲是个残废人，不能去参加群众大会，因此想在你们从这里经过的时候，跟你们见见面，我的父母和我约定老早就从村子里出来，在这树林里等着你们。这时我们完全醒了，都下了车，老人们手里拿着自己用野花编织的花环套在我们的脖子上。

那位老太太走上来一把就把我抱住，抱得很紧，我感到她心里头有多少话想说而说不出啊！这时我心里真是感动，为印度人民对我们的热爱所感动。这一段我把它写出来了，写在《印度之行》里头。

还有一次，也是晚上，我们坐火车到一个城市去，沿途每到一站，都有人来欢迎，因此我们不敢都睡觉，只能轮流地睡。这一段是该我睡的时候，过不一会儿，他们把我摇醒了，起来一看，车窗外真像摆着一幅壮丽的图画。这是一个乡村小站，谁都没想到会有人来欢迎，更没想到群众中还有妇女。

我看见十几根火把高举着，在火把光中有一面大红旗，拿着红旗的是一位农村妇女——大家都晓得，热带的人喜欢穿深颜色的衣服，大红大绿的——这位妇女身上披的就是一块大红的纱巾，她手里又拿着一面大红旗，在十几根火把的衬托下，真是夺目之极。这天晚上，当我们代表团里其他的人看到这个动人的场面的时候，就非把我摇醒不可，我一下车去，这位妇女也是走上前来把我一把抱住，从她的身上，我可以闻到一股"土气息泥滋味"，我们还是没有讲出一句话。这个场面是我永远也忘不了的，我也把它写出过，但是没有写好。

一九五五年我们去日本参加第一次禁止原子弹、氢弹大会，大会是在东京开的，会后去了长崎和广岛，广岛是第一颗原子弹投下的地方，美国在那里投原子弹的原因是抢夺胜利的果实。一九四五年，日本侵略军快要被中国人民的军队打垮了，苏联又出兵东北，击败了日本关东军，眼看日本政府就要投降了。美国投了两颗原子弹。第一颗投在广岛，第二颗投在长崎。广岛是日本陆军的集中地，有八万人。长崎是日本的海军根据地。一九四五年的八月六日早晨八点十五分的时候，美国在广岛投下了第一颗原子弹。据说那天死了二十万人，还有许多许多受害未死的人。美国人宣传原子弹的威力非常大，说是原子弹投下的地方，七十年内不会生长草木。我是一九四六年冬天到的日本，一九四七年的春天，听说这地方就长草了，而且长得很茂盛，足见美国的宣传是吓唬人的。我们到广岛的时候，曾去医院慰问原子弹受害者。有一位妇女，在原子弹投下的那天早晨，正背着孩子在做饭，当时她的孩子死了，她没有死，因此在她身上，除了背上孩子遮盖的地方以外，浑身都是伤疤。她对我们说：我就是这样一辈子把我孩子的阴影背在身上！我本来是可以自杀的，但是我除了这个最小的孩子以外，还有三个孩子，我必须为我的这几个孩子活下去，现在我坚持不但为了我的孩子活下去，还要为着日本所有的孩子，将来能够得到和平幸福的生活活下去！这件事也使我十分激动。那天下午，我们开了一个会，请一些原子弹受害者来谈话，来的人中，有很多是年轻的姑娘，有的是走不动坐着推车来的，她们已经残废了。诉苦时讲的话，都是我们在别的诉苦会上所听不到的极其悲愤的话。

散会的时候，有一个母亲对我说：我这个女儿，原子弹投下的时候她才十岁，这孩子长得非常好看，爱清洁，喜欢收拾，她自受原子弹的伤害以后，就残废了，脸上和肩背上的肉都扭曲起来，手脚都不能动。十年以来，她不肯出屋子，连窗帘都不让人拉开，她不愿意让人看见她的丑陋形象，她觉得自己没有快乐，没有希望了，她不愿意活着。要不是为我的话，她早就自尽了。这次你们来，给她一个很大的希望和刺激，她说，她要把她的形象给大家看看，让全世界的人民为之惊心，为之痛恨，坚决地一致起来反对帝国主义，防止核战争。这些故事都是使我们很受感动的。

一九五八年，我参加一个文化代表团到欧洲访问的时候，曾到英国各大学去演讲，和一些高级知识分子来往，谈话的时候，感到他们对中国是在向往，或者是不知不觉地在向往。

在英国艾丁堡大学校长举行的午餐招待会上，有一位文学教授坐在我旁边，他问我的专业是什么？又说客人名单上介绍你是一位儿童文学家，我说我写过儿童文学作品，不过写不好。他说，你们那儿的儿童文学是怎样写法的？我说也没有特别新的写法，不过我们明确地知道我们创作的目的，是希望把我们的儿童培养成一个更诚实、更勇敢、更高尚的孩子。

用我们最熟悉的一句话来说，就是把他们培养成革命和建设的接班人。他说，在我们英国正相反，真叫人愤慨，现在我们报纸上好多连载的滑稽画，仿佛总是想尽办法使儿童变成一个压迫人、剥削人的人。比方说，有一段滑稽画上说，有一个孩子，他母亲给他一毛钱，叫他在院子里推草，孩子就想出了一个办法，他拿五分钱去买了一根冰棍，拿另外五分钱去雇一个邻居的孩子来推草，当那个邻居的孩子在推草的时候，他就坐在荫凉的地方吃冰棍。

这个滑稽画的题目叫《聪明的亨利》。看去好像是笑话，其实就是对孩子说，凡是会剥削人的、会欺骗人的孩子是有办法的。这不过是危害性比较小的一段，你看我们该怎么办？这里几乎每天都有一些家长、老师，给日报滑稽画栏，或是儿童书籍出版社提出书面意见，但是都没有用。你们是用什么办法来清除这些坏东西，而奖励作家写那些好的东西的？我说，我们的办法很简单，就是政府和社会上各方面的人一起来办这件事情的。他沉思地说，是呀，政府跟人民在一起还是一件很重要的事情呵！底下他就不再说什么了。我想儿童文学能不能健康地发展，有害的儿童书画能不能禁止，在资本主义社会里都是一个很大的问题，对于如何培养新的一代人，他们就感到没有办法。

还有一次,几位英国议员请我们在议会里喝茶,有一位女议员陪我谈话。我问她现在她们议会里辩论什么问题,她说:"辩论的是禁娼问题,我们多次要求男议员们跟我们合作,但是始终通不过这个议案。我们只能做到这个地步,就是禁止娼妓公开地在街上拉客。你们中国人大的女代表们是怎样得到男代表的合作来禁娼的?"

我说:"据我所知,在有人民大会以前,我们已经没有娼妓了。自从解放以后,那些被侮辱与被损害的妇女,已经得到解放,翻了身,在我们国家里,男子和妇女在一起,政府和人民在一起,把凡是有害的东西都清除掉了。"

她听了以后很感叹,她说:"我想政权在什么人手里还是很重要的。在我们与国际友人接触的谈话中,像这种故事还多得很。"在此我不细说了。

由于参加国际活动所得到的感受,我写过一些文章,《尼罗河上的春天》就是其中的一篇,这篇文章是怎样写出来的呢?原来我们出国的代表团,回来以后都有一个正式的报告,这是公开的,给大家看的东西。但是我们代表团的每一个成员,也都有自己的感受,在这篇文章里,我想通过一段故事来描写一个知识分子和广大人民结合在一起搞革命工作,是一件不容易的事情。毛主席老早就教导我们说,知识分子不与工农在一起,必将一事无成。但是知识分子,特别是资本主义国家里的知识分子,很难一下子做到这一点。

我这里提的两位日本女作家,都实有其人,只不过把她俩的名字换过罢了。那位名叫"秀子"的,我是从头一次亚非作家会议起就和她相识,这位女作家是写散文、写评论的。我想秀子去苏联乌兹别克首都塔什干(第一次亚非作家会议在这里开会）的目的，不是专为开会，多半是为旅行游览，对于会议讨论的内容并不怎样关心。第二次就是亚非作家东京紧急会议，她还是日本代表团之一员。这次她参加会议的次数就多了。那一次亚非作家会议开得很成功，非洲作家去日本开会，在日本历史上还是第一次。日本的知识分子自从明治维新以后，大都面向西方，对中国就不大注意（在唐朝时受过中国的影响，对中国还是很好的），至于对朝鲜、越南根本不注意，非洲就更不在话下，他们对非洲人简直就是看不起。但是在这一次大会上，非洲代表们讲的话，就像一声惊雷似的，使他们受了震动。第三次亚非作家会议是在阿联首都开罗召开的（这次会议，其实是正式的第二次会议）。秀子也去了，她表现很好，很积极。我俩被分在一组（文化交流组），这个组虽然跟政治组等不一样，但还是有斗争，而且斗争得很激烈。

秀子平常是不大发言的，这天她却站起来讲话。她说：我们日本代表团支持中国代表团的意见，我们决不退后一步。这时候，我真激动极了。我想别人起来讲这话并不奇怪，而秀子来讲，表明她的进步的确很大。因此我就写了这篇《尼罗河上的春天》，文章的内容，有的是事实，有的不是事实，什么是事实，什么不是事实，我可以讲一讲。

在阿联开会的时候，我们同苏联、还有一些非洲的代表们住在一个旅馆里，日本和其他国家的代表住在另外一个旅馆里，我们住的旅馆是比较近代化的，洗澡水很热，日本代表住的旅馆，可能正在修理（原因不大清楚），洗澡水不热。

有一次，在开会的休息时间内我和秀子还有一位日本女代表和子谈话之间，她们说，那天下午她们要到一位日本朋友家去洗澡。我说，我们旅馆里的水很热,到我们那里去洗吧。

那天下午她们洗完澡,吃过茶点,匆匆地就走了,我发现秀子丢下一块手巾,白色的,四边有几朵红花,这是事实。在她俩洗澡的前后,我们还谈过不少的话,有的话我写在文章里面了。这篇文章是经过怎样的布局和剪裁的呢?这篇文章开头的一句说:"通向凉台上的是两大扇玻璃的落地窗户,金色的朝阳,直射了进来。"这个描写就与事实不符。我住的房间朝西,不是朝东,而且她们来洗澡的时间是下午,不是早晨。

那么,我为什么把我的窗户搬过来朝了东的呢?因为朝西就跟我写的那篇文章的气氛不合,我不要它朝西。如果朝西的话,那么射进屋里来的是夕阳,不是朝阳了。所以我就把我的窗户朝了东。我这样做,只要不影响下面写的事实,读者是不会提出抗议的,而且读者也无从提出抗议,因为他没有到我住的旅馆去过。还有,我们住的旅馆不在尼罗河边上,是在新城和旧城之中,但是我在一九五七年参加亚非国家团结会议的时候,住过尼罗河旁边的旅馆。所以我能够描写出从尼罗河旁边的旅馆窗户里看到的景物。

在这篇文章的倒数第四段里这样写着:

玲珑剔透地亭亭玉立在金色的光雾之中;尼罗河水闪着万点银光,欢畅地横流着过去;河的两岸,几座高楼尖顶的长杆上,面面旗帜都展开着,哗哗地飘向西方,遍地的东风吹起了!

我为什么以"尼罗河上的春天"作题目呢?因为会议是在开罗开的,

在开罗开会，要是不写尼罗河的话，不拿尼罗河做个背景的话，那是个遗憾，所以我又把尼罗河搬来放在我的窗户前面了。在这一段的头一句里，我为什么说"远远的比金字塔还高的开罗塔"呢？"开罗塔"是我头一次去开罗以后才盖起来的，"金字塔"大家都知道，一提埃及，谁都知道有"金字塔"。"开罗塔"比"金字塔"还高约十几米。我为什么提这座塔呢？第一，这座塔很好看，就像细瓷雕的一样；第二，"金字塔"是个老塔，"开罗塔"是新的，放进新的开罗塔说明我写的尼罗河畔不是从前的尼罗河畔，而是充满了新的气氛——亚非人民团结起来反对共同的敌人帝国主义的气氛。至于那块手巾，我想了半天，是放进去呢，还是不放进去？后来我还是放进去了。

为什么？就是注重在最后那一段：

现一块绣着几朵小红花的手绢，掉在椅边地上，那是秀子刚才拿来擦汗的。把红花一朵一朵地绣到一块雪白的手绢上，不是一时半刻的活计呵！我俯下去拾了起来，不自觉地把这块微微润湿的手绢，紧紧地压在胸前。

特别是注重在这一段的最后一句。其实手巾上的小红花不一定是她绣的，很可能这块手绢是买来的。但是我想，知识分子一步一步地跟人民走在一起，这不是一天两天的事情，要不是有这种感情的话，我何必把这么一块小手巾"紧紧地压在胸前"呢！这种感情，是在我听到秀子站起来说"我们日本代表团决不后退一步"的时候产生的，我真想把她紧紧地压在胸前。如前所说,写在这篇文章里的事情有的是真的,有的是假的,但是假的是可以容许的,因为我不愿意写带有"夕阳"气氛的文章。

第二个问题:写散文必须注意的主要问题是什么?

散文,为什么叫散文?不是因为它"散"。据我了解,散文不是韵文,不是每句和每几句都押上韵,也不是骈文,像什么"关山难越,谁悲失路之人;萍水相逢,尽是他乡之客"。这种文章是骈文,两个句子是对起来的。散文既不是韵文,又不是骈文,所以叫它作散文。我们中国有悠久的散文传统,而体裁非常多,写得非常好,别的国家就不然。

记得印度作家泰戈尔给他朋友的信里说:我很喜欢诗,因为诗像一条小河,被两岸夹住,岸上有树林、乡村……走过两岸的时候,风景各有不同,容易写,而且能够写得好。他认为格律就是诗的两岸,把诗意限定住了,使它流的时候流得曲折,流得美。散文像什么呢?散文就像涨大水时候的沼泽两岸被淹没了,一片散漫。散文又像一口袋沙子,拉不拢,又很难提起来。如果叫我写一首诗,我感到是一种快乐,如果叫我写一篇散文,那对我就是痛苦。但是他不知道,他的这封信就是一篇很好的散文。

我在上面已经说过中国散文的体裁最多,而且写得最好。好在哪里呢?好就好在它简练、不散,能够把散文写紧。有什么办法写得简练,怎样才能写得简练呢?据我的体会:

一、你得有个中心思想。你明确地知道你要写什么,不像从前在学校作文,题目是老师出的,你根本不太懂,头一句先写上"人生在世",底下再谈吧!这样写,那真是所谓"散漫"的散文了。

二、要有剪裁。散文就怕啰里啰嗦地没话找话说，我们中国人有句话最好"有话即长，无话即短"，写散文就应该这样。写文章不是为写文章，而是为了要表达你的思想感情。

现在我再讲一讲我写的《一只木屐》。这一只木屐在我脑海里漂了十五年，我一直没有把它写出来，我不知道应该怎样写，因为我抓不着中心思想。这件事情发生在十几年以前，当时的情况也不是像我在这篇文章里所叙述的那样，就是说看到这一只木屐的不只我一个人。我从日本回国的时候，我和我的两个女儿都在船边上，是我小女儿先看见的，她说："娘！你看，戛达。"（戛达就是木屐的声音）我的小女儿到日本的时候只有九岁，她非常喜欢这个东西，因为小孩子都喜欢光脚，在日本一进门就像中国人上炕一样，脱了鞋到"榻榻迷"上来，可以非常自由地翻来滚去地玩，一下地就穿上戛达。在她卧房的窗台上，就摆满了各式各样的玩具戛达。当她指出一只木屐在海水里漂来漂去的时候，这本来是件小事情，但是我总是忘不了，我常常问自己，为什么对这个东西常常怀念？我抓不住中心思想。有一次，我几乎要把它写出来了，写成诗，但又觉得不对，它不是诗的情绪，怪得很！

这里顺便谈谈取材问题，我感到写文章的人应该做个多面手，应该什么都来，不管它写得好不好，应该试试。的确，有时诗的素材跟散文的素材不同，散文的素材跟小说的不同，小说的素材又跟戏曲的不同。

我想把"戛达"写成诗！但写不出来，我就老放着，不是放在纸上，而是放在脑子里。一直等到去年纪念延安文艺座谈会二十周年的时候，我在一个座谈会上谈到我在东京时候常常失眠的情景，就忽然想起，这只木屐为什么对我有那么深的印象,因为我在东京失眠的时候总听到木屐的声音,那就是无数日本劳动人民从我窗户前走过的声音,也正是有着这声音的日本劳动者的脚步,给我踏出了一条光明的思路来!因此在我离开日本的时候,我对海上的那只木屐忽然发生了感情,不然的话,码头上什么都有,果皮、桶盖……为什么这只木屐会在我脑中留下那么深的印象呢?

最后,我把我的中心思想定下来,定下以后,我想从我的女儿怎样喜欢木屐开始,就像我刚才说的那样写,但是我后来感到这样写没意思。因为我的失眠跟我女儿没有关系,她喜欢光脚也跟我的喜欢木屐没有关系,所以我就写我一个人看到了这只木屐。

> 淡金色的夕阳,像这条船一样,懒洋洋地在这一块长方形的海水上。两边码头上仓库的灰色大门,已经紧紧地关起了。一下午的嘈杂的人声,已经寂静了下来。只有乍起的晚风,在吹卷着码头上零乱的草绳和尘土。

这段里写的"夕阳"是事实,因为时间确是傍晚。这个时候周围的气氛,也确是像我底下所写的"空虚"和"沉重"。在这个时候,就不能有什么"朝阳"或"东风"。我只写了"码头上零乱的草绳和尘土",这一切都是非常暗淡的。

> 我默默地倚伏在船栏上,周围是一片的空虚——沉重,时间一分一分地过去,苍茫的夜色,笼盖了下来。

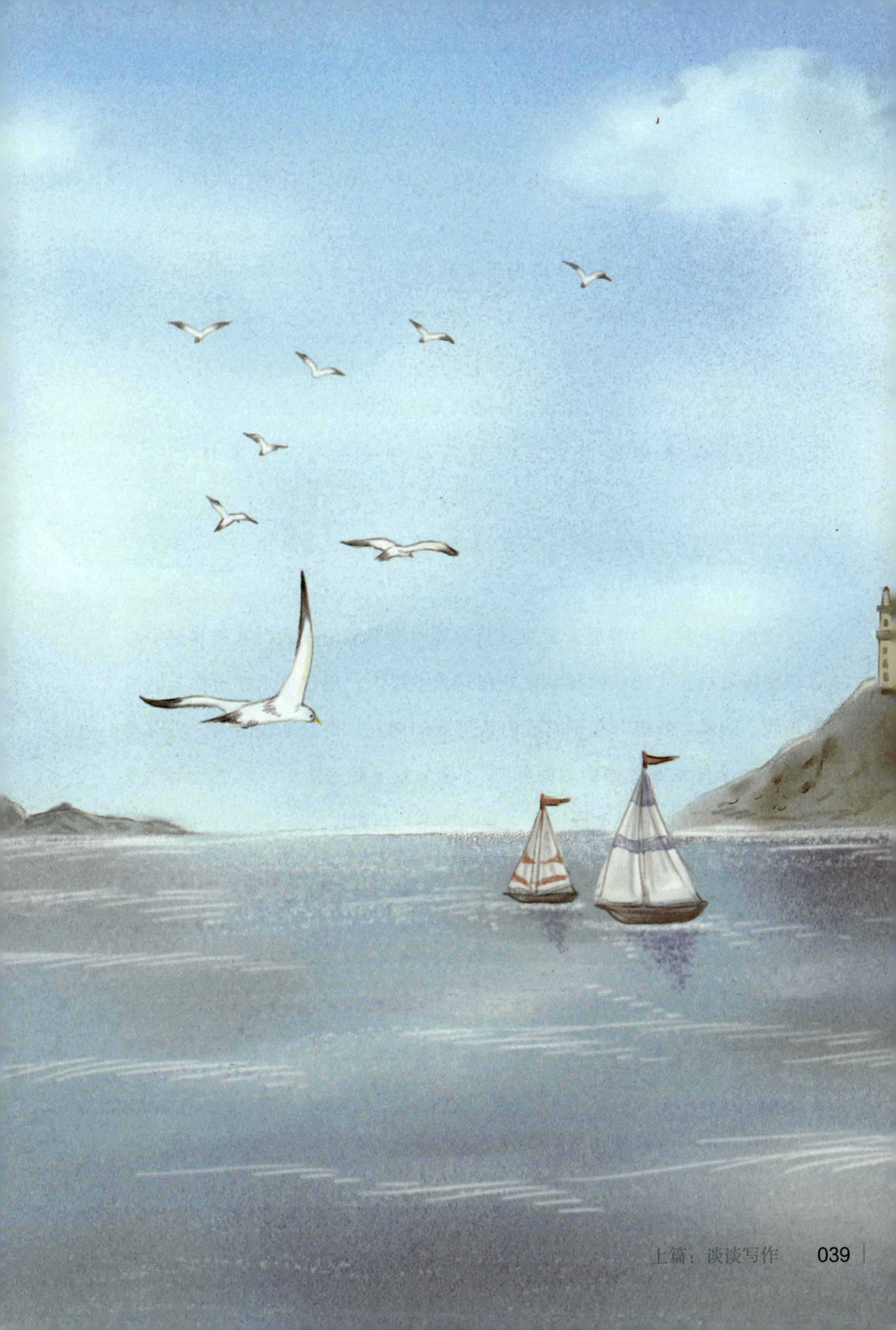

因为"沉重",所以夜色也就一定要"笼盖"下来,就像扣在我的身上一样。

猛抬头,我看见在离船不远的水面上,漂着一只木屐,它已被海水泡成黑褐色的了。它在摇动的波浪上,摇着、摇着,慢慢地往外移,仿佛要努力地摇到外面大海上去似的!

啊!我苦难中的朋友!你怎么知道我要悄悄地离开!

你又怎么知道我心里丢不下那些把你穿在脚下的朋友!

你从岸上跳进海中,万里迢迢地在船边护送着我!

上面这一段,是我那天看见这只木屐时没有想出来的,等到我把中心思想定住之后,才把我的感情定住在这只木屐上,把这只木屐当作有感情的东西。的确,我离开东京时没有告诉我的朋友,说我是要回国,所以我说:"你怎么知道我要悄悄地离开?""你从岸上跳进海里,万里迢迢地在船边护送着我?"这是我假定它(我的朋友)在船边护送着我回中国来。

然后在倒数第二段,就谈到这木屐的声音怎样从我窗前过去。

就这样,这清空而又坚实的木屐的声音,一夜又一夜地从我的乱石嶙峋的思路上踏过;一声一声,一步一步地替我踏出了一条坚实平坦的大道,把我从黑夜送到黎明!

这段里的"从黑夜送到黎明"是个比喻,就是说把我的漆黑一团的思想，送到光明。这就是这只木屐在我思路上起的作用。在末一段写我们每次去日本开会，有好多同去的朋友回来时总是带些日本的富士山的樱花纪念品。我在日本住过好多年，富士山和樱花我已不知看过多少遍了，日本朋友送我这种的纪念品，我总是又转送给别人，我还是买那些小玩具木屐回来，原因一半是我女儿喜欢它，一半是这个东西跟我有了感情。这篇文章写好时有两千多字，后来删掉一千五百字，最后只剩下现在的八百字，不能再短了！我竭力把思想集中在一点上，竭力把文章写简练一些，不过最大的原因，还是我这人不会写长文章。

第三个问题：我们都感到写篇文章开头结尾很重要，但是也很不容易，请您谈一谈这方面的体验，最好请您举例说明您的某一篇文章，原来是怎样开头结尾，后来是怎样修改的，为什么？

这个问题，其实在引用上两篇文章时都讲过了，但是最好的例子还是我写的《国庆节前北京郊外之夜》，这篇文章写成这样子我是没想到的。下面是它的开头：

　　这是一个宁静柔和的夜晚。我们在西郊动物园出租汽车站棚下的一条长凳上，坐着等车。

这篇跟前面写的两篇背景都不一样，不是"朝阳"也不是"夕阳"，而是"一个宁静柔和的夜晚"。"我们"是谁呢？

就是和我好几年没有见面细谈的一个小朋友，这个孩子从小在我家里，后来她到解放区去了。多年不见我们有好多话要讲。那天是她休假的头一天，正巧是我的生日，她到我家里来，我们又进城去吃了饭又喝了酒。到了分手的时候，我说你回去吧！她说不，我送你到动物园，到了动物园，我们还舍不得就走，于是就坐在出租汽车站窗外的长凳上说话。这篇文章本来可以写到这个孩子身上去，可以写到抗战时期那一段生活中的许多许多事情……但是我没有那样写，因为焰火放起来了，放焰火的时候，正巧有几个坐在那里的外国学生，引起了我的注意。这也是跟我参加国际活动有关的。西郊有个外国语学院，里面有好多非洲学生，我听他们讲话好像是喀麦隆和阿尔及利亚的学生，因为非洲有三个白种人的国家，就是阿尔及利亚、突尼斯和摩洛哥。而喀麦隆人的皮肤是黑色的。在这里发生的事情，使我感到亚、非、拉等国家的人民，在我国首都北京，就会受到无微不至的关怀，连这位汽车站的调度员也对他们特别关怀。记得有一次，我在广东深圳送一位亚洲国家的朋友出境，离别时她哭了，她说：一离开这个车站，人们就不会把我们当人看待。

我就想，我国对外政策是多么正确，我们认为国家不论大小，都是平等的。而且我们还特别同情他们，关怀他们，支持他们。

因此，文章就从这里写起，把前面所想说的话都砍掉了。写这样的故事的时候，你要给放花预备一个适宜的衬托，焰火是非常光明灿烂的，它需要一个非常宁静的背景，因此我就着力描写周围的那些景物。

这夜是这样的宁静、这样的柔和。右边，动物园墙窗外的一行葱郁的柳树，笼罩在夜色之中，显得一片墨绿。隐约的灯光里，站着一长排的人，在等公共汽车，他们显然是游过园的，或是看过电影，微风送过他们零星的笑语……

"墨绿"是说天色还不那么漆黑，绿色还看得出来。"站着一长排人，在等公共汽车"，说明我们为什么坐在长凳上等小汽车，是因为等公共汽车的人很多，我们挤不上了。

"微风送过他们零星的笑语"，这是衬托，写北京人民快乐的文娱生活，这天有点微风，他们说话都能听到。这些人或许去过动物园，在那里欣赏什么鸟兽，或许看过电影，在那里说笑。这是我们的右边。去过动物园的都晓得，汽车站长凳上坐着等车的人，脸是朝西的。

左边，高大的天文馆，也笼罩在夜色里，那乳白色的门墙倒更加鲜明了。从那幽静的小径上，我们听到清脆的唧唧的虫声。

"虫声"在热闹的时候是听不见的，只有在安静的时候才能听见。这里虫声是衬托安静的。

月亮从我们背后上来，前面的广场上，登时撒伤一层光影。天末的一线的西山，又从深灰色慢慢地转成淡紫……

"月亮从我们背后上来了。"因为我们面朝西，所以月亮是从背后上来。

这时，出租汽车站的窗外，又来了几个人，听到他们的说话的口音，我们回头一看，原来是三个外国学生。两个女的，皮肤白些，那一个男的，皮肤是黑的。他们没有坐下，只倚在窗外，用法语交谈，我猜想他们是喀麦隆和阿尔及利亚的青年。

喀麦隆和阿尔及利亚从前都是法国的殖民地，所以他们交谈时只能用法语。

忽然远处西边的树梢上，哗哗地喷出一阵华光，一朵朵红的、绿的，中间还不断爆发着灿白的火星。"放花了！"我们高兴地叫了起来。接着是一阵又一阵，映得天际通明……

试放焰火多半是在石景山那边，我们在西郊看得很清楚。

那一个包着花头巾的女学生走了过来，用熟练的中国话问："今天是一个节日吗？"我说："今天不是节日，我想他们是在试放国庆日晚上的焰火。"她点了点头笑着就走回他们群里去。

我看见那一个穿深色衣裳的女学生，独自走到月光中，抬头看着焰火，又低下头，凝立在那里，半天不动。

月影里看到她独立的身形，我自己年轻时候在异国寄居的许多往事,忽然涌上心头。

"她在想什么?在想她的受着帝国主义者践踏的国土?在想她的正在为自己的自由幸福而奋斗着的亲人?她看到我们这一阵阵欢乐的火花,她心里是什么滋味?"我的同情和感激,像一股奔涌的泉水,一直流向这几个在我们"家"里做客的青年……

两道很亮的车灯,从西边大道上向我们直驶而来,在广场上停住了。调度员从屋里出来,走到车边,向着我们微微地笑了一笑,却招呼那三个外国青年说:"车来了,你们走吧。"他们连忙指着我们说:"他们是先来的。"我们连忙说:"我们不忙,你们先请吧!"他们笑着道了谢,上了车,我们目送着这辆飞驰的小车,把他们载到天际发光的方向。

"两道很亮的车灯……把他们载到天际发光的方向"这一段我又把方向改了一点。石景山是在车站的西南方,外国语学院应该是在车站的西北方,但是无论如何这辆车是往西走的,我这样写,是因为我要把他们送到"天际发光"的方向。反正往西走,虽然他们没有上石景山去。下面是这篇文章的结尾:

火花仍再一阵一阵地升起,调度员和我们都站着凝望,大家都没有说一句话。渐渐地焰火下去了,月亮已经升得很高,广场周围,深草里,又听到唧唧的虫声。国庆节前北京郊外之夜,

上篇:谈谈写作　045

就是这样的柔和,这样的宁静,而我的心中,却有着起伏的波涛一般的感动……

根据以上所说,可以了解文章应该如何开头结尾,也可以了解我之所谓剪裁。总之,文章的开头结尾,一定要有关连,过去老师教给我的"起承转合",我想这种结构方法还是对的。起的时候,如果跑野马似的拉不回来,那就真正成了散文了。你说了半天的话,最后还得把这话头拉到正题上来,还得找一句比较有力的句子把它收煞住。

开头和结尾怎样才能扣题?据我的经验,构思的时候要围绕着题目去想,不要跳着想,要是发现思路离开了题目,那就赶紧收回来,我觉得就只有这个办法。比方《国庆节前北京郊外之夜》这篇文章,我注重的是写亚非国家的青年学生,在我国怎样受到无微不至的关怀,因此与此无关的事情我全去掉,只抱定这个题目不放。

至于剪裁,最要紧的一点是去掉与文章的中心思想无关的东西。例如在这篇文章里我前面所说的那一大段我都不要了。至于那几个非洲留学生走了以后,我们是什么时候走的,我们还谈了些什么,我跟我那位小朋友谈到我当时的感想没有,这些也都没有写进去。这篇文章写完了以后还没有题目,后来才从文中找出一句话"国庆节前北京郊外之夜"作为题目。我是不大喜欢用长题目的,我觉得长题目太啰嗦,文章那么短,题目这么长,不大相称,但是也没有别的适宜的短题目,就这样用了。

第四个问题:请您谈一谈运用语言(包括选择恰当词汇和句式等)的

经验。

　　这个问题提得非常好,但是我所能回答的,我愿意回答的,也跟古往今来有写作经验的人差不多,就是"勤学苦练"四个字!至于怎样运用词汇和句式,我感到也没有别的路子,不但是写作,就是绘画、雕塑、表演……一切一切属于文艺的行业,也都只有靠"勤学苦练"。这是各行各业的前辈都讲过的话,我虽然不大愿意重复,但也不能不重复,因为它实在是经验之谈。从我自己的写作经验来说,再也没有什么捷径可找了。

　　我们作协的一些同志,常常收到一些年轻人和中学生,或者大学生的来信,说我们愿意做一个作家,请您介绍有什么速成的办法,可以使我们很快地掌握写作的技巧。关于这个问题,赵树理同志曾写过好几次的公开信。我看了他写的,也跟我要写的差不多,也就是说关于写作技巧,除了勤学苦练以外没有别的办法。你能不能成为一个作家,先立下一个雄心大志吧!这也是对的,但是不是说你立了雄心大志再想法找个捷径,就能够成为一个作家,我觉得这还有待考虑。古今中外的作家,有好多开始并没有想当一个作家的。

　　拿我自己来说吧,我当初就没有想当一个作家,我那时不认为写写文章有什么了不起的,我愿意学理科,并且已在开始学了。在中学的时候,我的功课理科比文科好,因为我不喜欢作文,这也跟我的老师有关系,他不能引起我作文的兴趣,我的作文老师是前清的秀才,出的题目都是《四书五经》上的,非常抽象,叫人不知从何说起。我从小没进过小学,一到北京就考中学(就是现在的女十二中)。考的时候别的科目都没有,只作一篇作文,题目是《学然后知不足论》,那时我才十二三岁,怎么懂得"学然后知不足论"的道理呢？但是我也会勉强作，因为我在家塾里学的就是那一套。

我家里请了一位私塾先生，不是为我请的，而是为我的堂哥哥们请的，我没有姊妹，因此从小就跟男孩子们一块学习，由于我小时爱看书，据老师说我的文章比堂哥哥们都写得好。像什么"学然后知不足论""富国强兵论"等文章我都作过，所以一考就考上了。考进以后，文科都没问题，但是数学什么的就把我难住了。当时我只会两位数的加减乘除，因此就很感苦恼。我觉得理科比文科难多了，什么历史、地理，只要是用中国文字写的我都不怕（因为我从小就有背诵的习惯，只要是好的东西我就背下来，直到现在我还是喜欢背诵）。

我把精力都放在理科方面，什么代数、几何、三角……尤其喜欢几何。因为我父亲是学航海的，他常常告诉我，对于学航海的人，三角、几何都非常重要，所以我也就很喜欢这些学科。谈到作文，我当时还有一些额外负担，我不但自己要做作文，还要帮别人作文，因为那些胡诌的作文，可以夸夸其谈，不着边际，写起来非常快，只要什么"之""乎""者""也"搞对了就行。同学们知道我作的快，就"利诱势迫"，有的给我买点炒栗子，有的给我买根糖葫芦，这些食物对我的诱惑力很大，我有时候同时写它两三篇，老师对我很头痛，可是他还是说我文章作得好，有一次他给我的作文评了一百二十分，卷子送上去，教务处不知如何平均，就对他说分数最高是一百分，他说这篇文章写得实在好，我一定要加她二十分。但是对这种作文，我就倒了胃口。

当时老师在班上讲的古文，差不多都是我念过或看过的，我根本不好好听，就在班上看小说，作数学。当时我只注重理科，想学医，因此我在大学里，是理预科的毕业生。五四运动起来了，我正巧是学生会的文书，要做宣传工作，写宣传文章。理科的功课是不能缺的，一缺就补不上。我缺课很多，由于经常写文章，在报纸上登载，对于创作慢慢地喜欢起来，就改学了文科。这是我自己的情况。至于别的作家，还可以举许多例子，我相信鲁迅先生当初也不是想做作家的，后来由于经常写文章，也就成了作家了。

现在的中学生，要当一个作家，还想找捷径，从我的经验里看，是没有什么捷径可找的。因为无论是一种脑力或是体力劳动都不是变戏法，就是变戏法，那也得有材料。比方小孩子玩积木，木头越多，摆的花样就多。一块积木摆不出东西来，两块就有了对立面，三块可以搭个过门，四五六块就更好，可以摆个比较复杂的东西了。拿词汇来说，你没有积累到相当多的话，就没法挑选，因时因地制宜地把它放在适当的地方。比方"风"，你只知道"狂风暴雨"，当然不能到处都用它，所以要解决词汇和句式问题，首先要多读书，多看点东西。书里面好的句子最好抄下来。例如《三国演义》里面的句子，到现在我有时还把它抄下来，如我刚才举的《尼罗河上的春天》一文里，我就偷了《三国演义》里一句话，大家看出来了没有？

《三国演义》在四十九回里"七星坛诸葛祭风"一段，写的有声有色：

看近夜，天色清明，微风不动。瑜谓鲁肃曰："孔明之言谬矣，隆冬之时，怎得东南风乎？"肃曰："吾料孔明必不谬谈。"将近三更时分，忽听风声响，旗幡转动，瑜出帐看时，旗带竟飘西北，——霎时间东南风大起。

我十分欣赏这段有力的描写，就把它偷到这篇文章里了。我说："河的两岸，几座高楼尖顶的长杆上，面面旗帜都展开着，哗哗地飘向西方，遍地的东风吹起了。"我常常抄袭，就是说模仿别人的好句子。西方有一句话：模仿是最深的爱慕。

刚才休息的时候，大家反映说：我讲时有一种"亲切"之感。老实说，我就是靠这个"亲切"来的，因为我说的都是自己的经验。我小时候看书，是逼上梁山的，哪个小孩子愿意整天坐在家里看书呢？实在是因我小时候太寂寞了，我是两头够不着，我的弟弟们都比我小很多，堂哥哥们都比我大，起码的都是大我五六岁，我就在半空中悬着，他们和我都玩不起来，那时我们住在海边，邻居也不多。

去年十月号《人民文学》上不是有我的一篇《海恋》的文章吗？就是描写我小时候的情况的。我为什么爱海，就是因为我一看到海，就想起我小时寂寞中的"朋友"。在海边生活的我，天气好的时候还可以出去走走，天气不好的时候就只得坐在家里看书，那时又没有专门给小孩看的书，于是我抓到什么书就看什么书，连黄历之类的东西我也看，而且非常喜欢看，从前黄历后头有什么"万事不求人"，在每一个日子下面还有什么"不宜动土""不宜出行"之类，从这里头我可以看出很多故事来。直到现在，我写文章时用的句子还有从那些杂书里头来的，所以过去我的老师说我的学问是三教九流式的学问。

但是我认为爱看书是有好处的。举个词的例子说吧，比方刮风下雨，我在报上看到有关于十二级风的解说，这十二级风的形容词都是不同的，我没有全记下来，但今天也可以说一些，比方：细风、和风、微风、轻风、凉风、朔风、春风、秋风、狂风、天风、雄风、黄风……你把这些词汇掌握之后，在种种不同的风上面，你就可以写上一个形容词了。有时风很大，但是好的风，就不能用不好的形容词。比方说很大的东风，你能说是狂风、暴风吗？大风一定要有一个很雄壮的形容词，你登上万里长城时，你所受的风，就可以称为"天风"，古文上也有什么"大王之雄风也"等等，所以"风"往好里说有好的字眼，往坏里说有坏的字眼。同时也要看季候的不同，你的心情的不同跟周围环境的不同，而使用种种的词汇。讲雨吧，也有好雨、细雨、大雨、狂雨、骤雨、苦雨、山雨，等等，在什么时候用什么词来形容雨，你都应该想到。

　　要说捷径的话，这里可以说有个捷径，就是有些工具书是可以拿来当闲书看的。记得我从父亲书架上翻到一部《诗韵合璧》，在风字和雨字底下，有形容各种风和雨的词汇。我到现在还爱看像《辞源》一类的书，没事就拿来消遣。还有就是深入生活，多跟各种人谈话，熟悉人民的语言。我们跟人谈话的时候，可以发现有的人说话非常俏，有的人说话非常幽默，有的人说话非常简短有力，有的人说话非常清楚有条理，有的人说话非常美，这些都是我们作文时很好的材料，说话的艺术虽然是不大容易学得来的，但是学不来总可以抄得来的。我们要多注意周围发生的事情，经常注意人的谈话，最好身边带一个小本子，看书看报或听人谈话，有一些好的你就赶紧把它记下来，这当然不是现买现卖，而是你所积累的财富，这本子就好像是你的存款折子，存折上的财富愈多，你手头就愈宽裕，用起来就方便了。

　　还有一个很好的看书方法，对我们在职干部来说是有用的，就是在你手边和枕边，常常放几本古典的散文或诗词。为什么说古典的呢？因为今人的一些好的词汇有不少还是从古典书里来的。我前面说过，我国是个有很好的散文传统的国家，在我国最好的文章里头，除了诗、词、歌、赋、戏曲和小说之外，差不多都是用散文体裁写的。

我们自己每人天天在那里写散文，比方说书信、日记等也都是散文，就是小学生也在那里写散文，如什么游记等等。总之，我们中国的散文是很多的。我们做工作难免有累的时候，或者因为其他什么原因睡不着觉，那你看点古典散文或诗词，就非常的合适，这种文章又短，随时可以放下。

在这里，我还想说，要想把文章写好，首先要热爱我们祖国的语言文字。我们祖国的语言文字的确可爱，我常常想假如我不是中国人，看不懂中国的文学作品的话，那真是太遗憾了。我有时陪一些外国朋友出去游览，看见好景忽然想起一句好诗，我就想说我们中国有句好诗，但是因为翻不出来也就把它咽了回去。我想他们要是中国人那该多好。在这一点上，我特别喜欢朝鲜、越南和日本的朋友，因为你写出的汉字他们都懂，有的老先生他们对中国文学比我们还熟悉。日本朋友在道别的时候常常说："劝君更进一杯酒，西出阳关无故人。"他念的虽不是汉语之音，但是他们写出来给我们看的时候，我们非常高兴，相视而笑，莫逆于心。

我常常在手头和枕边放些中外的文学短篇，现在看的是《一千零一夜》，这是小时看过的，我们常常和阿拉伯国家朋友来往，他们常常提到《一千零一夜》里面的故事，你要是对于书里的故事一点不了解的话，那就没有共同的语言了。我们这样忙里偷闲，随随便便地零零碎碎地看也可以积累很多材料。我们看到有很多好句子和好字眼，可以随手摘写下来，因为经过书写一遍，更可以帮助我们记忆，也可以帮助背诵。我们从背诵文学作品里，可以得到很大的快乐。因为在你生病的时候，或者其他原因不能看书的时候，如果你能背诵点什么，那你会感到很有意义。

苏联第二个宇宙飞行员季托夫，在他写的报告里说，上天以后，我看见许多星星，就像嵌在黑绒上的点点光明，我就想起莱蒙托夫的一首诗：星星对着星星在说话。我看报看到这里就想，假如我飞上天空的话，我看到宇宙中的奇景，我会想到中国文学作品中哪一个好的句子，因为当时整个天空就只你一个人，你不能跟谁对面说话，你就可以把这些文学财富都带上天去。我常常想，现在我们中国的少年儿童，要是不多读点文学作品的话，将来他去做个宇宙飞行人员，也许会感到寂寞的。以上说的是要看一些短的文章。

下面再谈读长的古典文学作品，如《三国演义》《水浒传》《红楼梦》《西游记》，等等，说来说去仿佛就是这一些，其实古典小说里面最好的也还是这些。我的朋友郑振铎先生，他有好几百部这样的章回小说，有一年，我生了好几个月的病，病榻无聊就把这几百部书都借来看，浏览一遍以后，感到还是这几部书最好。像这类书，常常放在手边，不怕重看。这一点我们应该跟儿童学，儿童就喜欢你跟他重复地讲一样的故事。

我记得我的孩子小时候就爱听"三只小熊"的故事，今天讲，明天还要讲。我说你听过了，她说听过还要听，她不但听，你要说错了她还替你纠正。我说那些书我们应该重看，一来是重看时不用太费脑力；二来因为这些书里面的语言非常生动，重看了记住了以后，对我们写文章就有很大的帮助。就拿《老残游记》上"白妞说书"那一段来说，作者把白妞出来的那种台风写得多好，白妞衣着朴素，风度非常稳静、大方，写了这些，然后描写她开口唱，一阵高过一阵，等等。《老残游记》里有许多糟粕，但是我却挑出这一段看了好几遍。

西方作家谈到文章的风格的时候，第一种谈法是"文如其人"，这个人是什么样的一个人，他写出的东西就是什么样的东西。这句话我们都承认，要不然怎么会百花齐放呢！李白、杜甫、元稹、白居易、韩、柳、欧、苏，每个人的文章风格都不一样，因为他们每一个人的一切都不一样。

关于风格的第二种说法是：

最好的词句放在最好的地方，就变成一种风格了。不必说远，就拿近代的人写的散文来说吧，刘白羽的散文就和巴金的不一样，杨朔的又跟秦牧的不一样，郭风的又跟柯蓝的不一样，各人有各人的风格，用字造句都各有不同。因为每个作家都有他自己的风格，我们就要多看、多读，来扩大我们词汇的领域。

有人说你给我介绍一些作品吧，我说这很难，因为我喜欢的，你不一定喜欢，只有多看，才能有个比较，才能看出一篇文章好处在哪里。中国谚语说"不怕不识货，就怕货比货"，你看多了，就会分辨出好坏来。我还觉得要想写好文章的人，最好能把词句变成你的精兵，用兵的时候，做到指挥若定，使每个字都能听你的指挥，心到笔到，想写什么就能够写得出来，这是不容易的。你的工具若是不熟练的话，它就不听你的调动！谚语又说"熟能生巧"，不熟就不能生巧。

但是"巧"是不是做不到呢？我说不，能做到，我自己没做到，至少我希望在座的同志能做到，我相信能做到，因为文学历史上已经有许多人做到了。

第五个问题：我们阅读作品时，不能深入地、真切地体会作者所表达的意思，请您举例说明应该如何阅读作品，如何去体会作者的意思。

我们对某一篇作品看不懂，不能体会，有两方面的原因：

（一）作者写不好文章的话，我们就不会看懂，或者这篇文章里没有说清道理，莫名其妙，不知他说些什么东西，你也不会看懂。有的作者的文笔很晦涩，或是文不对题，这种文章我们也看不懂。所以说自己看不懂的时候也不要把自己的理解力估计得过低。

（二）反过来说，那就是我们没有细读。我自己看文章总是先看题目，因为写文章的人总是要发挥与题目有关的内容，按着题目去体会内容是一种办法。再就是要去了解作品的背景，包括作者的创作环境、思想和社会背景等等，看古今人的作品都是这样。

为什么同一个题目，这个人写起来是那么欢娱，那个人写起来是那么忧郁？我们想知道原因，就必须了解他的背景，所以我们教课的时候，就常常给学生讲作者的生平和作品的背景。比方李后主的词"帘外雨潺潺……独自莫凭栏，无限江山，别时容易见时难，流水落花春去也，天上人间"。他为什么说"无限江山"呢？那时皇帝是坐江山的，他是亡国之君，所以他说"独自莫凭栏，无限江山，别时容易见时难"，江山一丢就再也回不来了。别人写"梦里不知身是客"的时候就不会像他这样写法。我们拿过一篇文章来,先看这文章是谁写的,什么时代人写的,他在什么时候写的,有什么背景,能这样的话,就比较容易看懂它。

这是我自己的经验,我就只能说到这里。

一九六三年

《年华似锦》和《似锦年华》

《北京文艺》在一九六二年的六月号,登了一个很好的短篇小说,题目是《似锦年华》;在前些日子报纸上,看见《北京文艺》九月号的出版预告,又有一篇叫作《年华似锦》。我心里想,编辑同志居然不回避相似的题目,在不长的时期中,接连登了两篇小说,必然是同工异曲,各有千秋的。因此《北京文艺》九月号一送到,我首先翻看的是这一篇《年华似锦》。

果不其然!这篇和上一篇一样,也是针对着似锦年华的人们个人生活中的切身问题而写的。

费枝的《似锦年华》里,写了一个中尉军官和他的大学生弟弟,两个人对于恋爱和婚姻问题的看法。哥哥是个地道的军人,在恋爱和婚姻问题上也是"沉静""严肃""善于自我克制",从军十年之后,他回家来过三个星期的年假,若不是在临别的夜晚,灯已灭了,隔壁已听到"母亲的匀称的鼾声"了,睡在他对床的弟弟苦苦地追问他的话,他还是不肯说出的。他认为:认识一个人,不能只凭印象;对军人来讲,一个爱人单单漂亮是不够的,还要有美好的品质;相互间有了深刻的理解,爱情才会更巩固,等等。

学数学的大学生弟弟,和他不同,他"不打算当光棍汉",他一直在"等待那个必然会出现的姑娘"。而这个姑娘居然在三星期前他到车站接哥哥的时候出现了,"搞恋爱"的工作从那时开始,在哥哥临走时,"已经接近完成了"。据他说,这也是和战士明确了目标以后,会立即进攻一样,惹得哥哥说他一句"你别乱作比喻"。但是这个弟弟,也不是一个心里没有算计的青年,他在大学里要为"攀登知识高峰打个基础",他觉得"时间太宝贵";他"没有搞恋爱的念头,反而跟许多女同学成了朋友"……

在艺术处理上,这个短篇里的对话很紧凑,很能代表每个人的个性。情节的安排,也很简洁。

张葆莘的《年华似锦》,写的是从一个记者的采访中,所发现的一个全国闻名的前辈京剧演员对于年轻一代的同行的提携与关心。这位京剧前辈不但和年轻演员一起配戏,把自己名字放在后边,而且还为着这个年轻人"搞恋爱""想结婚"而苦恼着。他回忆到自己年轻时节,为了成功立名,而把这问题推迟了;为什么现在社会主义社会里的年轻演员,"出科不愁搭班,唱戏不愁行头",万事俱备,只欠自己的努力了,而反不能为"给社会主义做出更大的贡献",而牺牲点什么呢?——这个情节和心理活动,是大有可能的。当中穿插一个报社里的青年女漫画家,使得故事更有戏剧性。对于记者生活的描写，因为我还有几个记者朋友，从旁看去似乎也还真实。

　　这一暑期中，我的周围挤满了年华似锦的人们，因而我也时常想到这个"年华"里恋爱和婚姻的问题。这问题不大也不小，主要是要和个人、社会和我们的时代结合来看。在报刊上，如《中国青年》《中国妇女》……上有不少的前辈和医生们都谈过这个问题了。在文艺作品上，我最近看到的是这使我微笑的两篇，因题目相似，故连带记之如上。

一九六三年五月十八日

1/08 创作谈

　　我从小就喜爱文学，但也一心一意地想学医，从来没有想到要走上写作的道路。

　　我是从"五四"时期开始写作的，先是作为女学界联合会宣传股之一员，写些宣传文字，发表宣传文字，这时奔腾澎湃的中国青年爱国运动，文化革新运动这个时代思潮，把我卷出了狭小的家庭和学校的门槛，使我慢慢地看出了在我周围的半殖民地半封建的中国社会里，在我们的日常生活里，处处都有使人窒息的社会问题。我开始写了一些问题小说，如《斯人独憔悴》之类，用"冰心"的笔名发表了。后来写得滑了手，就一直写作下去，理科的功课拉下了许多，我就索性转了系，改学了文科。

　　这以后不久，我又开始写《繁星》和《春水》，那是受了印度诗人泰戈尔的《飞鸟集》的影响，收集起我自己的"零碎的思想"，严格说来，那是不能算为"诗"的。

我在大学毕业后，一九二三年到美国留学以前的几天，开始写了《寄小读者》，那本是准备给我的弟弟们和他们的朋友们看的。北京《晨报》的编辑先生建议把它在"儿童世界"栏内，陆续发表。我比较喜爱散文这个文学形式，书信尤其是散文中最活泼自由之一种。我也喜欢小孩子。这就是我从一九二三年开始写《寄小读者》，从一九五八年又写《再寄小读者》和一九七八年又写《三寄小读者》的原因。

我走上了写作的道路以后，直到一九五一年从日本回国以前，都因为那时我没有也不可能和工农大众相结合，对于自己周围的内忧外患，既感到悲愤和不满，又看不到前途的希望与光明，这造成了我的作品日渐稀少的原因。

一九五一年我回到了解放了的祖国，我看到了党领导下的朝气蓬勃的国家，层出不穷的新人新事，我感到了"五四"以来从未有过的写作热情，和"五四"以后还未感到的自由和幸福。在党的教育和帮助下，我有了走马看花地和工农接触、向工农学习的机会，这中间我还访问好几个友好国家和人民，关于这时期的见闻和感想，我都用散文写了下来。

"四人帮"横行时期，我也搁笔了十年之久。一九七六年九月，从写悼念毛主席文章开始，我又拿起笔来。粉碎了"四人帮"，给文艺工作者以第二次的解放。丙辰年清明的"四五"运动，又给我这个文艺老兵，以极大的鼓舞力量。我从来认为创作来源于生活，是时代生活的反映，同时创作必须从真挚的情感出发，抒真情，写实境，才能得到读者的同感与共鸣。时代在前进，社会在发展，我们必须和前进中发展中的广大人民紧紧结合在一起成为人民的一部分,广大人民之爱憎,成了自己的爱憎,这样才能不断地扩大创作的视野,提高创作的境界,做好为人民服务的工作。我愿以此自勉,来赶上比我年轻的先进者们!

一九七九年五月十五日

1
--
09

自传

我原名谢婉莹,一九〇〇年十月五日(农历庚子年闰八月十二日)生于福建省的福州(我的原籍是福建长乐),一九〇一年移居上海。当时父亲是清政府的海军军官,担任副舰长。

一九〇四年,父亲任海军学校校长,我们移居烟台。我的童年是在海边度过的,我特别喜欢大海,所以在我早期的作品中经常有关于海的描写。

一九一一年,辛亥革命爆发前,我父亲辞去海军学校校长的职务,全家便又回到了福州。我在山东时没有进过小学,只在家塾里做一个附读生,回到福州后,进过女子师范学校预科。

中华民国成立,父亲到北京就任海军部军学司司长。一九一三年,我又随家到了北京。

一九一四年我进入教会学校北京贝满女子中学,一九一八年毕业,进了协和女子大学，学的是理预科，因为母亲体弱多病，就一心一意想学医。

一九一九年五四运动爆发了，当时我在协和女子大学学生会当文书，写些宣传的文章。

在"五四"革命浪潮的激荡下，我开始写一点东西在北京《晨报》上发表。由于过多的宣传活动，使我的理科实验课受到影响，这时我只好转到文学系学习。这时协和女大已并入燕京大学。

一九二三年我从燕京大学文科毕业，得了文学士学位，并得金钥匙奖，又得到美国威尔斯利女子大学（Wellesley College）的奖学金，到美国学习英国文学。

血疾复发，在医院里休养了七个月。

一九二六年夏读完研究院，得了文学硕士学位。回国后曾在燕京大学、清华大学、北京女子文理学院任教。

一九二一年后，文学研究会出版了我的小说集《超人》，诗集《繁星》；一九二六年后，北新书局出版了诗集《春水》和散文集《寄小读者》；一九三二年，北新书局出版《冰心全集》，分集出版的有《往事》《冬儿姑娘》等。

抗日战争时期，一九三八年我先到了昆明，一九四〇年又到重庆，曾用"男士"的笔名写了《关于女人》，先由天地出版社，后由开明书店出版。

抗战胜利后一九四六年，我到了日本。一九四九年至一九五〇年在东京大学（原帝国大学）教"中国新文学"课程。

记得这时也有一些小文章，登在日本的报刊和东京大学校刊上。

一九五一年，我回到祖国后，写了《归来以后》等作品，我的创作生活又揭开了新的一页。人民文学出版社和北京人民出版社、天津百花出版社出版了我的小说、散文集《冰心小说散文选》《归来以后》《我们把春天吵醒了》《樱花赞》《拾穗小札》《小橘灯》《晚晴集》等。

一九五八年又开始写《再寄小读者》。

一九五四年以来，我曾被选为历届全国人民代表大会代表。一九七八年被选为第五届全国政协常务委员。一九七九年第四次文代会上被选为作协理事、中国文联副主席。同年被选为中国民主促进会副主席。

粉碎"四人帮"后，我开始在《儿童时代》发表《三寄小读者》。

除了创作以外，我还先后翻译过泰戈尔的《园丁集》《吉檀迦利》《泰戈尔诗集》和他的短篇小说，穆·拉·安纳德的《印度童话集》，叙利亚作家凯罗·纪伯伦的《先知》，尼泊尔国王的《马亨德拉诗抄》，马耳他总统安东·布蒂吉格的《燃灯者》。

我的作品曾由外国翻译家译成日、英、德、法、意、捷、黎、罗、俄等国文字出版。

一九八〇年六月

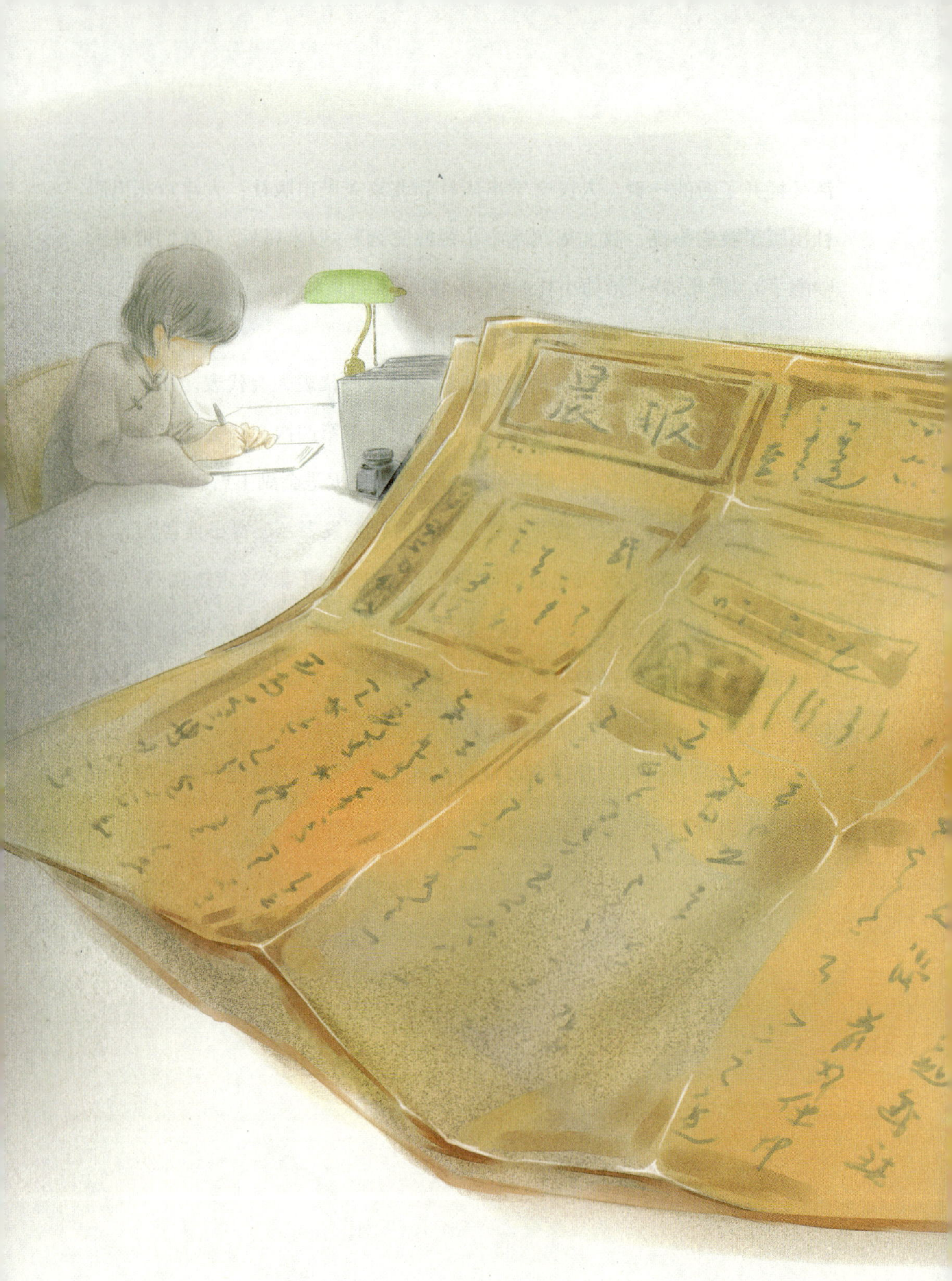
晨报

1
—
10

我的第一篇文章

问：能不能请您回忆一下自己的第一篇文章是怎样在报刊上发表的？

答：现在想起来，天下真有极其偶然的一件事，就左右了你的一生！我在"五四"以前，做梦也不会想到我会以写作为业。一九一九年五四运动起来，我由一个学生自治会的文书，被派去参加北京女学界联合会的宣传组，在当时北洋政府的法庭公审被捕的"火烧赵家楼"的学生的时候，我们组被派去旁听并作记录。那天是大律师刘崇佑替学生作辩护，法庭上是座无隙地。刘律师讲得慷慨激昂，我的前后左右，掌声四起。从法庭回来，宣传组长让我们把听审的感想写下来，自己找个报纸发表，以扩大宣传。

那时我是协和女子大学理预科的走读生，每天只往返于家庭和学校之间，同时一向只专心攻读数、理、化学科，其他一切不闻不问，我更不认识什么新闻界人物。想来想去，我想起我的表兄刘放园先生，他是北京《晨报》的编辑。他是我母亲的表侄，比我几乎大二十岁，我们都把他当作长辈。每逢我父母亲的生日，他必来祝寿，但对于我们姐弟，他都不大搭理。那时我们家看的报纸中有一份《晨报》，就是他赠阅的。我看《晨报》上的言论，对于学生运动还是很支持的，我就给他打一个电话去试一试。从电话里就听出了他惊讶的声音，仿佛觉得这个平常只在一边默默地递茶敬烟的小表妹，忽然打电话到报社来找他要登文章，是个意外。他只说："好吧，寄来我看看。"

我那篇像中学生作文一样的《听审记》，几天后在《晨报》上登出来了，那当然是借五四运动的东风。但从那时起，放园表兄就常常寄刊物来给我看，如《解放与改造》《中国少年》等。那时我自己的兴趣也广些了，看的书报也多了，我自己订阅的有《新青年》《新潮》等。放园表兄劝我多写，我也想：许多刊物上写文章的都是学生，我又何妨试试呢？再过些日子，我的以冰心署名的第一篇小说《两个家庭》便出世了。这篇小说我拿到了八元的稿费，弟弟们敲我竹杠，要我请他们逛"中央公园"，吃些茶点，还剩下一些钱，我便买了纸笔。

从那时起我就断断续续地一直写到现在。我没有写出什么惊人之作，也没有什么鸿篇巨著，我只用这支笔，写我的随时随地的思想和感情，不过现在是越写越短小、越随便、越平淡了。恐怕这也是自然规律。

一九八二年四月十日

1/11 老舍的散文

老舍先生是一位中外闻名、多产而又多能的作家。在他四十多年的写作生涯中，他写过许多长篇和短篇的小说；歌剧、曲剧和话剧的剧本。这五十多篇、几十万字的散文，只是他的一些"小块文章"！但是从这些短文里，我们可以看到他的性格、他的爱好、他一生的际遇、他接触过的人物、他居住过或游历过的地方……看了这些短文，就如同听到他的茶余酒后的谈话那样的亲切而隽永。

我们从第一篇《我的母亲》看起，就知道老舍幼年和少年生活是十分困苦清寒的。他说："事实上，我在幼年遇到的那些事多半是既不甜又不美的。"使他在回忆中总觉得童年生活又甜又美，只为他有一位"勤劳诚实"，会默默地"吃亏吃苦"的母亲。他的"生命的教育"都是母亲传给他的：如好客、爱花、爱清洁、守秩序，等等。这一切就画出了老舍这个人物的轮廓。

这些短文里有不少忆念朋友之作。他的朋友中有的也是我的朋友，如罗常培先生，许地山先生……他和罗常培"总是以独立不倚，做事负责相勉"。

他夸许地山："他有学问而没有架子。他爱说笑话，村的雅的都有……天真可爱。"

他称赞白涤洲："高过他的人，他不巴结，低于他的人，他帮忙，对他自己，在幽默的轻视中去努力。"

提到何容时，他说：他的古道，使他柔顺的像小羊，同样能使他硬如铁。当他硬的时候，不要说巴结人，就是泛泛地敷衍一下也不肯。当他柔顺的时候，他的感情完全受着理智的调动。"

我们常说"什么人交什么朋友"，从老舍所喜欢的朋友的性格中，我们可以完全看到他的性格。

这本集子里有好几篇关于北京的文章。他热爱北京。他说："他是在我的血里，我的性格与脾气里有许多地方是这古城所赐给的。"

"我爱它像爱我的母亲。"

"北京解放了，人的心和人的眼一齐见到光明。"

这就是为什么在解放后，老舍的文章中常有"狂喜"这两个字！

老舍喜爱山水。在描写济南和青岛的山光水色的几篇短文里，尤其突出了"绿"的色调。

他在《更大一些的想象》里说："一串小山都像带着不同的绿色往西走呢……那水藻，一年四季是那么绿……似乎是暗示出上帝心中的'绿'，便是这样的绿。"

他又在《非正式的公园》中写："一切颜色都消沉在绿的中间，由地上一直绿到地上，浮着绿的山峰，成功以绿为主色的一景。"

他在《五月的青岛》中写："看一眼路旁的绿，同时再看一眼海，真的，这才明白了什么叫作'春深似海'。绿，鲜绿，浅绿，深绿，黄绿，灰绿，各种的绿色联接着，交错着，变化着，波动着，一直绿到天边，绿到山脚，绿到渔帆的外边去。"

以上几段文字，把老舍对于绿色的偏爱，发挥得淋漓尽致！他不但知道"上帝心中的绿色"是什么样子，他还能从我所熟悉的蔚蓝的"海"上，看到"各种的绿色"。

他在济南和青岛度过了几年的教读生涯以后，"七七事变"就来临了！在《轰炸》一文中所说的"空前的浩劫，空前的奋斗"的那几年里，他离家出走，从徐州而武汉而重庆，从事抗战文艺工作。就是四十年代初朝，他在重庆的那几年，我们和他晤面的机会才比较多起来。我们那时住在歌乐山，他也经常往返于重庆近郊之间，路过时常来坐坐。他当时忙于写宣传文艺，一面却是贫病交加。我身体也不好，时常吐血。

我们见面总不多谈时事，他就和我们的孩子交上朋友，有时空袭的警报响起，老舍就和孩子们带些花生或葵花籽下防空洞去，虽然歌乐山从来没有被炸过。

记得老舍那时写过一首七律送我们:

中年喜到故人家,挥汗频频索好茶。

且共儿童争饼饵,暂忘兵火贵桑麻。

酒多即醉临窗卧,诗短偏邀逐句夸。

欲去还留伤小别,阶前指点月钩斜。

这张诗稿在十年动乱中也被抄走了。现在挂在我墙上的这幅横轴，还是胡絜青大姐从老舍的遗稿中找出写来送我的。

这本集子里有几篇游记，是解放后的老舍带着一股"狂喜"的心情写的。如《南游杂感》中说：昔日风光，感到痛苦；今日游览，令人兴奋。

在《内蒙风光》中，他唱："三面红旗光万丈，长城南北一条心。"

总之，解放以后，老舍以无限的热情，投入到歌颂新中国、新中国的主人，歌颂党、歌颂毛主席的创作活动之中。同时他也有繁忙的社会活动，但辛勤的创作活动和繁忙的社会活动，都没有干扰了他爱养花、爱养小动物的习惯。这集子里的最后几篇，就是些谈鸽说猫之作。我们读他的一九六五年的两首遗作，就可以看出他在半生冻饿酸辛之后，"幸逢盛世"。他欣慰，他感激，他乐观，一心只想以垂老挟病之身，在自己的工作岗位上，"力争上游"地写：

昔年

我昔生忧患，愁长记忆新，
童年习冻饿，壮岁饱酸辛。
滚滚横流水，茫茫末世人，
倘无共产党，荒野鬼为邻！

今日

晚年逢盛世，日夕百无忧，
儿女竞劳动，工农共戚休。

诗吟新事物，笔扫旧风流。

莫笑行扶杖，昂昂争上游！

谁能料到就在他写这两首诗的第二年，一九六六年的八月，他从养病的医院里出来迎接的"文化大革命"，竟给他以意外的心灵和躯壳上的打击。他震惊，他迷惘，他彷徨，他从"狂喜"的云端，猝然坠入到"极痛"的渊底。就这样，一位"文艺界的劳动模范""人民艺术家""语言大师"竟于在一天的苦想默思之后，在碧绿的湖上，寻了"短见"！

痛定思痛，十年浩劫之中，在中国大地上，对国家对人民有贡献的，成了林彪、江青反革命集团折磨打击的牺牲品的，又何止老舍一人？正因为有了这许多牺牲，才使得中国人民永远记住这十年的惨痛教训，而举国上下戮力同心地拨乱反正、排除万难，来建设起今天这样的一个安定团结、欣欣向荣的中国！

我没有想到这篇《老舍散文选·序》，会在这种情绪中结束！只因这些短文一鳞一爪地反映了老舍的一生，从他的"生"就会想到他的"死"。老舍这一班对人民对国家有贡献的人们的"死"，使得我们这些老人，在"晚年"又逢"盛世"，老舍有知，也应当快慰吧！

一九八三年四月一日

题目出得好，作文就做得好

1/12

　　我常常得到小朋友们的来信，难过地说自己做不好"作文"，问我有什么方法可以帮助他们进步。他们的信一般都写得很通顺，说到他们写不好作文的苦恼时，描写得也很生动。

　　我在答复他们的公开信里，只劝他们多读多写，但根据我自己在中学里作文的经验，作文写得好不好和老师出的题目大有关系。

　　我在中学读书的时候，我的作文老师是一位前清的秀才。

　　他自己做惯了八股文章，给我们出的作文题目，大都是："思而不学则殆论""惟上知与下愚不移论"，要不就是"教育救国论"或"富国强兵论"，这都是我们这些十几岁的女孩子，脑子里没有想过的东西！

　　那么，怎么办呢？回想起我们中学时期的作文活动，还是很有趣很可笑的。

我们的作文时间，是安排在每星期六上午。在一间大课室里，从一年级到四年级四班学生都坐在一起，老师在黑板上写出四个班的作文题目，就坐在讲台上自己看书，我们乱哄哄地低声议论，他也不管。正因为我们不知从何说起，我们就可以乱作，我们可以抄书，也可以互相抄袭，一般是以"呜呼，人生于世……"起头。我在家塾里作过小论文，于是在上午三个小时内不但自己写好一篇，还可以替高班或低班的同学写一两篇，来换取糖葫芦或炒栗子的报酬。这些事老师似乎也不是不知道，但只要每一个学生每星期交一篇作文，他的任务就完成了。他心里根本没有想到提高学生的写作水平和思考能力的问题！

这位老师还教我们古文，他讲的《李陵答苏武书》，和"前后赤壁赋"等，我们都很爱听。我们想假如老师出"与友人书"或"游记"一类的题目叫我们写，那我们每一个人都有自己要说的话，而且会说得很生动，很有趣，可惜老师就没有想到这些。

我在《三寄小读者》的"通讯四"中曾对小朋友们说过："来的东西就不鲜明，不生动；没有生活中真正感人的情境，写出来的东西，就不能感人。古人说'情之相生'，也就是说真挚的感情，产生了真挚的文字。那么，从真实的生活中，把使你喜欢或使你难过的事情，形象地反映了出来，自然就会写成一篇比较好的文章。"

我只看了《中学生日记选评》中的三篇日记，篇篇都好！

有的描写一家三代人快乐地在一起猜春节联欢会上的谜语，而体会到我们社会主义社会生活的实质。有的从参加学校的秋季运动会，而体会到：学习也必须拼搏和因为体育健儿心中有个伟大的祖国，所以"他们的微笑就像扬子江上初升的太阳",等等。有的就描述几家孩子都抢着请五保户王奶奶到自己家去吃年夜饭的热闹情景。这些文章自然流露出作者对于党和社会主义祖国的热爱,对于自己未来的向往和努力……这本集子中所选的日记,大都是"学作文报"举办的"日记、书信、作文一得"三项征文比赛中的获奖作品。我不必把所选的日记全部看完,因为我知道像"日记"这类的文章,每人一定都有自己要说要记的真情实事;一定不会雷同,而且一定都会写得鲜明、生动而真挚。

我认为中学生所以能够写出这些让人爱看的日记,是因为《学作文报》这次征文的题目出对了!

一九八四年一月二十四日

1/13

介绍一篇好散文
——读叶至诚的《假如我是一个作家》

《文汇月刊》的编辑来了,和我在阳光满室的客厅里谈了半天。我们先谈到散文,关于写和读散文,我们谈了很多。最后他说到了主题,要我在"我喜爱的散文"栏里介绍一篇好散文。这件事说起来仿佛很容易。这些年来我看的散文很多,好的也不少。但要我介绍一篇好散文,又似乎很困难,因为欣赏一篇作品,和欣赏者当时当地的心情有很大的关系。读者的年龄、经历、情绪不同,则对作品的共鸣程度也有深浅之分。同时我近年来因行动不便,又从不外出,看书的时间很多,每天送来的书报刊物又不少,常常过眼云烟一般,留不下太深的印象。我又丧失了剪报的习惯,因为我往年存留的东西,经过几次劫数,又给我留下了几道很深的伤痕!

不过,今天我正在阅读一本《未必佳集》,是叶至善同志兄妹三人自谦之为"习作选集"的。里面好的文章不少,但是在"至诚之页"中有一篇特别引起我的注意，那就是《假如我是一个作家》。我在六十年前写过一首诗，用的也是这一个题目，可是我的意境就比他的狭仄多了！我只是要"我的作品"，能够使人"想起这光景在谁的文章里描写过"，"听得见'同情'在他们心中鼓荡""当我积压的思想发落在纸上时""我就要落下快乐的眼泪了"。至诚同志却要努力于做一件今天并不容易做到的事，那就是"在作品中有我自己"他说，"我……你……他的作品"，都以"你的灵魂你的外貌出现在读者面前……然后，就真正的有了百花"。他以为"有我"就是"文如其人"，就是"必须严格地说自己真实的话""必须披肝沥胆地去爱、去恨、去歌唱……把自己所见、所闻、所感、所思，真实地一无保留地交给读者；把我的灵魂赤裸裸地呈献给读者"。这一着真是谈何容易！只有"人到无求"才能这样的勇敢。如今说假话、空话、大话的作家也还不是没有。至诚同志这篇散文得到我心弦上最震响的共鸣！

《文汇月刊》的编辑客气地要我为"我喜爱的散文"这个新栏目"剪彩"，我一辈子没剪过彩，从来也不梦想我敢剪彩，但有了至诚同志——虽然我从来没见过他——这篇文章，我就毅然地把这"彩"剪了，我从心里愿意给广大青年作家和读者介绍这篇好散文。

一九八四年十二月五日

1/14

意外的收获

《掺望》杂志（海外版）让记者张慧贤同志来，要我向海外同胞介绍去年北京市妇女联合会等四个单位，联合主办小学生作文比赛的情况，并带来几份小学生的作文。这个任务来得很突然，我刚从医院归来，身心交瘁，很难执笔，但是看了几篇得奖的小学生作文以后，我感到还有些话可以向海外同胞报告一下。

这征文的缘起是这样的：去年上半年，由北京市妇联、北京市教育局、北京市家庭研究会和《北京晚报》，联合主办北京市小学生《我的妈妈》专题作文比赛，不久就收到应征的小学生作文十五万六千份。去年的下半年，又主办了《我的爸爸》征文比赛，在短短一个月内，又收到应征作文二十三万份！也就是说这三十八万六千篇短文，真实地反映了中国八十年代北京城乡的几十万个年轻的爸爸妈妈的形象和几十万个小学生的观察和判断。

这些征文都请了儿童教育家、儿童文学家和教师们来参加评定。奖品也分等次，有文具、玩具、糖果等，也不用去细说了。

从记者同志送来的几篇得奖的作文里，我感到有意外的收获。就是我国八十年代的小学生的观察是锐敏的，判断也很公正。他们对于日夕相处的爸爸妈妈，或家庭中其他成员的优点和缺点，都看得很清楚，描写得也很深刻细腻。比如方晨小同学写的《我的爸爸》，就拿他的爸爸鼓励他看电视上的动物世界节目，并且观察一切动物的习性和生长，跟他的姑妈只抓紧她的女儿要考上重点中学，不让她女儿看电视、去动物园等做了比较。这里可以看出他不是一个读死书而不注意到四周动态和信息的孩子。

又比如唐敦皓小同学（他是一位乐师和一位名演员的儿子），本来因为来幼儿园接他的爸爸被同学称为爷爷而感到"很不是滋味"，而"恼怒"。后来他知道了他的父母是为了忠于他们的专业，走遍了国内国外，去演唱弹奏，而耽误了婚期，以至于自己是在爸爸五十岁、妈妈四十岁时才出生。他终于为"这样的爸爸，感到骄傲和自豪"。

小学生荀涛对于他的爸爸是敬重的，说他"什么都好，每天早出晚归，工作兢兢业业""只是烟抽得太凶了"。他描写一位因专心工作而不能戒烟的人，描写得很细，也很幽默。他最后写"'吧嗒……嘘……吧嗒'这三部曲，几时才能在我家消失呢？"他对于爸爸的抽烟习惯是无可奈何了！

小学生威威，对于她的继母本来是有戒心的。后来经过了生活中的实践，她觉得她的新妈妈是和她的亲妈妈一样疼爱体贴她。她最后写"九泉之下的妈妈呀，您放心吧，您安息吧，因为我有了一位好妈妈"。

小学生张丽华，是一个农村的孩子。因为她妈妈去领劳动报酬时，本应该是两千五百元,而会计因为算错了,多给了她三百元,她回来算来算去,觉得不对,把多算的三百元又送了回去,那个会计惭愧地说:"大嫂,我一时马虎……幸亏遇到了你这么一个好心人,国家财产才没有受损失!"张丽华看到周围的人向妈妈投来赞许敬佩的眼光时,她感到有无限的自豪!

不必再多介绍了,我想《掺望》杂志会附载几篇小同学的作文以供海外同胞们的阅读欣赏。总之,从一些小学生所反映的他们父母的形象里,可以看出新中国从十一届三中全会以来,北京城乡出现的可喜变化和家庭生活的新气象,以及小学生们思想和写作的水平,我想海外同胞一定看了会高兴的。

一九八五年一月二十八日 急就

我与散文

散文是我写作时最常用也最爱用的文学形式。

理由也很简单,在我充溢的感情要求发泄的时候,散文就是一种最方便的工具。因为,要用诗的文学形式来写,对于我就太费事了!我总以为诗是"做"的,不是"写"的。诗要合辙押韵,音调铿锵,读了使人能背诵下来。我不是一个诗人,慢慢地"做"起来,浓郁的情感,就会渐渐地消失了。

其他的文学形式,如剧本,甚至于童话,我都没有写过,也不敢尝试。散文的内容很宽泛,通讯,记事,写人状物的文章……都可以包括进去。因此写散文的人也多。但是写得好的却比较少,即使是有名的散文作家,他的散文也不是篇篇都好,这里面也还有"际会"问题。他写作的对象,不能使他的情感奔腾闪掣到了最高尖,他的笔下就自然而然地平淡了下来。

从古今中外名作家的文集里，我们都可以看出这一点，也就是说，不是每一篇都能使人加圈的。

当然，好的散文不多，也还有文学修养问题。情感有了，如没有合适的文字把它表达出来，这情感也就削弱了，淡化了，甚至于消失了。

此外，这里有读者的爱好与品味问题，这又同音乐、绘画……的欣赏一样，观赏者的训练不同，性格不同……喜爱的对象也因之而异，这也是很自然的。

关于散文，我一向谈的够多了，就此打住吧。

一九八五年十二月二十日晨　急就

话说散文

　　"关于散文"的文章我写得多了！一九五九年在《文汇报》上我曾写过一篇《关于散文》，收在《冰心文集》第四卷一百九十三页。

　　大意说：散文是我所最喜爱的文学形式……又说：我们中国是个散文成绩最辉煌，作者最众多的国家……又说散文的范围最广：如古文中的《祭十二郎文》《阿房宫赋》《陈情表》《前后赤壁赋》《陋室铭》《五柳先生传》《岳阳楼记》《吊古战场文》《卖柑者言》……无论是"文"，是"赋"，是"铭"，是"传"，是"记"，是"言"，都可以归于散文一类。

　　我还说：散文又是短小自由，拈得起放得下的最方便最锋利的文学形式，等等。

　　我还夸说：散文可以写得铿锵得像诗，雄壮得像军歌，生动曲折得像小说，活泼尖利得像戏剧的对话，而且当作者"神来"之顷，不但他笔下所挥写的形象会华光四射，作者自己的风格也跃然纸上了。

我说文章写到有了风格，必须是作者自己对于他所描述的人、物、情、景，有着浓厚真挚的感情，他的抑制不住冲口而出的……乃是代表他自己情感的独特的语言，等等，等等。

我这一辈子写了有一二百篇散文，多半都是千字文，现在拿起自己的文集来看，觉得大多数都是"做"的！连那篇《关于散文》也是"做"的，说的都是些空泛的夸赞的话，写过自己也忘了！

但是其中有一篇，使我不敢轻易翻看，一看就会使我惊心，使我呜咽，而且它是我写过的散文中最长的一篇，大约一万五千字左右吧，这篇就是收在《冰心文集》第三卷里的"贡献给母亲在天之灵"的《南归》！

我写《南归》的时候，只感到我是在描绘从我眼前掠过的，十分真切的人、物、情、景的一幅幅画面。我手里握着的不是笔，是兵士手里的枪，是舟子手中的桨，是伐木者手中的斧子。而从那支枪里发出的一万多颗火热的子弹，从那支桨下划起一万多朵冰冷的浪花，从那斧子砍下的一万多根尖利的树枝，都朝着我的"心"射来、溅来、刺来……使得我这一篇最长的散文，成了我不敢重读的从我血淋淋的心中流出来的充满了血泪的文字！

一九八九年二月十八日 晨

1/17 也有想到而写不了的时候

今年十月五日前后，把我忙得晕头转向，不亦乐乎，我这一辈子就没过过这么富足的日子！

十月五日，是我八十九岁的生日，真没想到我这个人能活到这么悠长的岁月！

我母亲告诉过我："你会吐奶的时候，就吐过血。"以后在一九二三年办出国留学以前，由协和医院检查断定我的吐血，是肺支气管扩张，而不是肺痨。每次吐过血，只要躺下休息一两天，就可以了，也不必吃药。因此大家都放了心，虽然有时我会吐到满满的一大杯，我也不在乎。

记得一九二四年在美国的绮色佳，文藻向我求婚时，我吓唬他："我是说死就死的人，你何必找一个不能'白头偕老'的伙伴？"他说："无论如何，我认命了。"谁知到了一九五八年，我到英国访问时，在伦敦又吐了一次。我瞒过了团员，仍旧出席当天特别为我举行的酒会。那天我当然不能躺下，而且还得举着酒杯，整整地站了一个下午。谁知从那时起，我居然不再吐血了。

话说回来吧，我今年生日得到的礼物：除了大大小小的蛋糕；大大小小的盆花，青松；大大小小的花篮；还有花瓶，瓷的，陶的，竹根漆的……以及朋友们自己画的：寿桃，水仙，牡丹……以及他们自己写的祝寿的诗，文；此外还有许许多多从海内外寄来五彩缤纷的卡片和电报！这一切都使我感激、惭愧！我还只能把送礼的团体的名称和个人的名字，都深深地铭刻在我的心底，不敢宣布，免得有人讥笑我"叨光"。

我以多灾多病之身，居然能够活到今天，当然因为是晚年欣逢盛世，过的是太太平平日子，一半也因为有周围的人们对我的关怀照顾。首先要提到的是，我的二女婿的大姐——陈同志。十年来她和我朝夕相处，使我这个废人，能够像好人一样地生活下来……将来我要详细地写关于她的一切，在此就不细说了。此外是北京医院的大夫们，每月一次地给我检查身体，给我开药；还有就是我的老少朋友们不时地给我送些人参、阿胶、蜂皇精……吃不过来的补品。最后是我的第二代和第三代的孩子们，待我还算不错。我和他们在一起，喜笑的时候多；生气的时候倒也有，那是在他们对我的起居饮食"管制"得太"严"的几次！

近十年来常常得到朋友们逝世的讣告，在"惊呼热中肠"之余，总会想起至圣先师孔老夫子的一句至理名言，就是"老而不死是为贼"。

两年前我就求胡絜青大姐替我找了一位老先生，为我刻了一颗"是为贼"的闲章，聊供自警！这篇想到就写，也就作我对亲友们的谢信吧：我不能分别答复了！

一九八九年十月十一日 匆草

1/18 我家的茶事

袁鹰同志来信要我为《清风集》写一篇文章，并替我出了题目，是《我家的茶事》。我真不知从哪里说起！

从前有一位诗人（我忘了他的名字），写过一首很幽默的诗：

琴棋书画诗酒花，当时样样不离它。
而今万事都更变，柴米油盐酱醋茶。

这首诗我觉得很有意思。

这首诗第一句的七件事，从来就与我无"缘"。我在《关于男人》写到"我的小舅舅"那一段里，就提到他怎样苦心地想把我"培养"成个

"才女"。他给我买了风琴、棋子、文房四宝、彩色颜料等等，都是精制的。结果因为我是个坐不住的"野孩子"，一件也没学好。他也灰了心，不干了！

我不会作诗，那些《繁星》《春水》，等等，不过是分行写的"零碎的思想"。酒呢，我从来不会喝，喝半杯头就晕了，而且医生也不许我喝。至于"花"呢，我从小就爱——我想天下也不会有一个不爱花的人——可惜我只会欣赏，却没有继承到我的祖父和父亲的种花艺术和耐心。我没有种过花，虽然我接受过不少朋友的赠花。

我送朋友的花篮，都是从花卉公司买来的！

至于"柴米油盐酱醋"，作为一个主妇，我每天必须和它们打交道，至少和买菜的阿姨，算这些东西的账。

现在谈到了正题，就是"茶"，我是从中年以后，才有喝茶的习惯。现在我是每天早上沏一杯茉莉香片，外加几朵杭菊（杭菊是降火的，我这人从小就"火"大。祖父曾说过，我吃了五颗荔枝，眼珠就红了，因此他只让我吃龙眼）。

茉莉香片是福建的特产。我从小就看见我父亲喝茶的盖碗里，足足有半杯茶叶，浓得发苦。发苦的茶，我从来不敢喝。我总是先倒大半杯开水，然后从父亲的杯里，兑一点浓茶，颜色是浅黄的。那只是止渴，而不是品茶。

二十三岁以后，我到美国留学，更习惯于只喝冰冷的水了。二十九岁和文藻结婚后，我们家客厅沙发旁边的茶几上，虽然摆着周作人先生送的一副日本精制的茶具：一只竹柄的茶壶和四只带盖子的茶杯，白底青花，十分素雅可爱。但是茶壶里装的仍是凉开水，因为文藻和我都没有喝茶的习惯。直到有一天，文藻的清华同学闻一多和梁实秋先生来后，我们受了

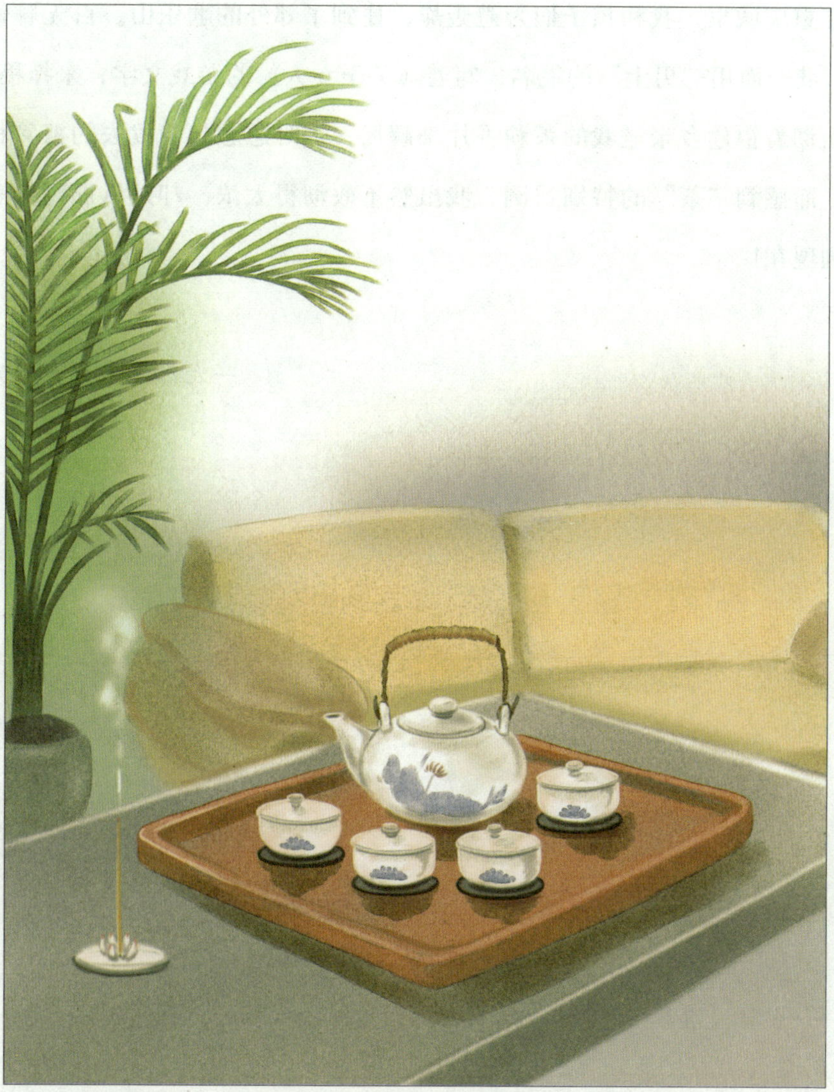

一顿讥笑和教训，我们才准备了待客的茶和烟。

抗战时期，我们从沦陷的北平，先到了云南，两年后又到重庆。文藻住在重庆城里，我和孩子们为避轰炸，住到了郊外的歌乐山。百无聊赖之中，我一面用"男士"的笔名，写着《关于女人》的游戏文字，来挣稿费，一面沏着福建乡亲送我的茉莉香片来解渴，这时总想起我故去的祖父和父亲，而感到"茶"的特别香洌。我虽然不敢沏得太浓，却是从那时起一直喝到现在！

一九八九年十月十六日

1–19 我和外国文学

《外国文学评论》多次催我写"我和外国文学",我才从头忆起将近六十年的翻译工作。

我和外国文学接触得较早,首先是在我十一岁那年从山东烟台回到福建福州的老家,在我祖父的书桌上看到一本线装小说,是林琴南老先生送我祖父的《茶花女遗事》,其中的人情世故,和我看过的《三国演义》《水浒传》等都大不相同,而且译笔十分通畅有力。从那时起我就迷上了林译小说,只要自己手里有一点钱,便托人去买林译小说来看。以后我进了中学和大学,上了英文课,能够自己阅读小说原文了,我却觉得《汤姆叔叔的小屋》不如林译的《黑奴吁天录》,《大卫·考伯菲尔》不如林译《块肉余生录》那么生动有趣;也许一来是"先入为主",二来是中英文字上的隔膜。我的英文没学好，看英文总是模模糊糊地如同雾里看花一般。因此我从来不敢翻译欧美诗人的诗，我总感到我的译笔，写不出或达不到他们的心灵深处。

但是，对于亚、非诗人的诗，我就爱看，而且敢译，只要那些诗是诗人自己用英文写的。除了遵从"上头"的命令之外，我也从来不转译诗，我怕转译万一有误，我再把误译的译了出来，我就太对不起原作者了。

我翻译的第一部诗，是叙利亚的诗人纪伯伦的《先知》。

这本诗是我从一位美国朋友那里看到的，那满含着东方气息的超妙的哲理和流丽的文辞，使我十分激动，我立刻把这本散文诗译了出来。后来我又译了他的另一本短诗《沙与沫》，内容也很精彩。

我的第二本译诗，就是印度诗人泰戈尔的《吉檀迦利》（这本诗集中的第五十一首，在印度独立后被选为国歌）。它给我的感受同纪伯伦的《先知》一样，只是泰戈尔比纪伯伦更多一些神秘的色彩。

我找出《冰心著译选集》第三册来看，一本六百七十七页的译诗中，只有两首是西方人写的，一首是美国杜波依斯的《加纳在召唤》，杜波依斯是美国的黑人，也是受压迫的少数民族。

他在一九五九年和一九六二年曾两度来到中国，他说："黑色大陆可以从中国得到最多的友谊和同情。"

另一位是帕拉希米，是欧洲的阿尔巴尼亚人，是阿尔巴尼亚劳动党员，也到过中国。我译了他写的一篇小说《巡逻》，讲的是德国法西斯分子侵略阿尔巴尼亚时的故事。

总起来说吧，无论是叙利亚、印度、加纳、朝鲜（根据一九六三年朝鲜作家访华代表团团长崔荣化提供的英文打字稿译出的)、尼泊尔和马耳他的诗人的诗中，都充满着强烈的爱国主义和愤怒反抗的呼吼，因为他们都受过或还受着西方帝国主义者的压迫，也正是为此，而特别得到解放前的我的理解和同情！

一九九〇年二月三日

1/20

从"随"字想起的两段谜语

《文汇报》记者让我写"随笔"二字,我忽然想起一段谜语。谜面是"上有一半,下有一半,中空一半,除去一半,还有一半",猜一个字。这个谜语大概是我十岁左右在家塾附学时,一位堂哥哥讲出要我们猜的,他是从书上看来的。我们七八个孩子在纸上画来画去,谁也猜不出来。后来他向我们公开了,说:"就是'随'字。"说来还真有意思!"上有一半"意思是:上头是"有"字的一半,是"ナ";"下有一半",意思是:下面也是"有"字的一半,是"月";"中空一半",是:当中是"空"字的一半,是"工";"除去一半",是"除"字去了一半,是"阝";"还有一半"是"还"字有一半是"辶";把这些一半拼起来,就是"随"字。不到十岁的我,就是因为这段谜语,而把"随"字,牢牢记住了。

猜谜真有意思，记得我在大学二年级时，大概廿一岁左右吧，有一次我的大弟的同学向他提出一段《西厢记》故事的谜语，叫他猜《孟子》里的一句话。谜面是"普救寺，草离离，空花园，或借栖，夫人有病头难起，一炷香，卜神祇，薄暮日沉西，虽有约，负佳期，张生长别离，错认了白马将军至矣"。我对《孟子》不熟，而我的二弟（十四岁）那时正在中学里，背诵《孟子》，他想来想去说："谜底一定是'晋国天下莫强焉'。"我们细细一对一想，都拍起掌来！

一九九〇年十月二十九日

1/21

话说"客来"

古人有诗云:"有好友来如对月"。

又有古诗云:"寒夜客来茶当酒,竹炉汤沸火初红。寻常一样窗前月,一有梅花便不同。"

古人把客人当作光明透彻的月亮,又把客人当作暗香疏影的梅花。

我呢,每天几乎都有客来,我总觉得每一位客人都是一篇文章。

这文章,有抒情的也有叙事的。抒情的往往是老朋友或好朋友,在两人独对的时候,有时追忆往事,有时瞻望未来,总之,是"抵掌谈天下事",有时欢喜,有时忧郁。

至于叙事的,那就广泛了!多半是"无事不来"的,总是叫我写点什么,反正我的文债多了,总是还不清,而且我的思想太杂乱,写下来就印在纸上，涂抹不去了，无聊的思想，留下印迹，总不太好，好在"债多不愁"，看心潮吧。

最麻烦的是来"采访"的。有的"记者"，对于我这人的来龙去脉，一概不知，只是奉总编辑之命，来写一个陌生人，他（她）总是自我介绍以后，坐下来就掏出笔记本，让我"自报家门"！话得从九十年前说起，累得我要死！

这篇文章是在灯下写的，时间是清晨，窗外却下着大雷雨，天容如淡墨。抒情的朋友是来不了了，叙事的，恐怕也要躲过这一阵，我就随便写下这一段小文。

一九九一年六月十日 大雨之晨

1/22

纵谈"断句"

每夜在将睡着、未睡着,每天在将清醒、未清醒的时候,总有一两句古诗忽然涌上心头,也不知道是哪个时代、哪位诗人写的,如这想是某个歌女在歌筵上撕下一段腰带请某诗人替她题一两句诗,现在她记起那时情景不胜眷恋。可惜的是底下一句,就总想不起来,若说是"依依梦里无寻处",旧诗决不会在两句内,有三个"依"字。

这时又有李义山的两句诗,奔上我的思路:

扇裁月魄羞难掩,
车走雷声语未通。

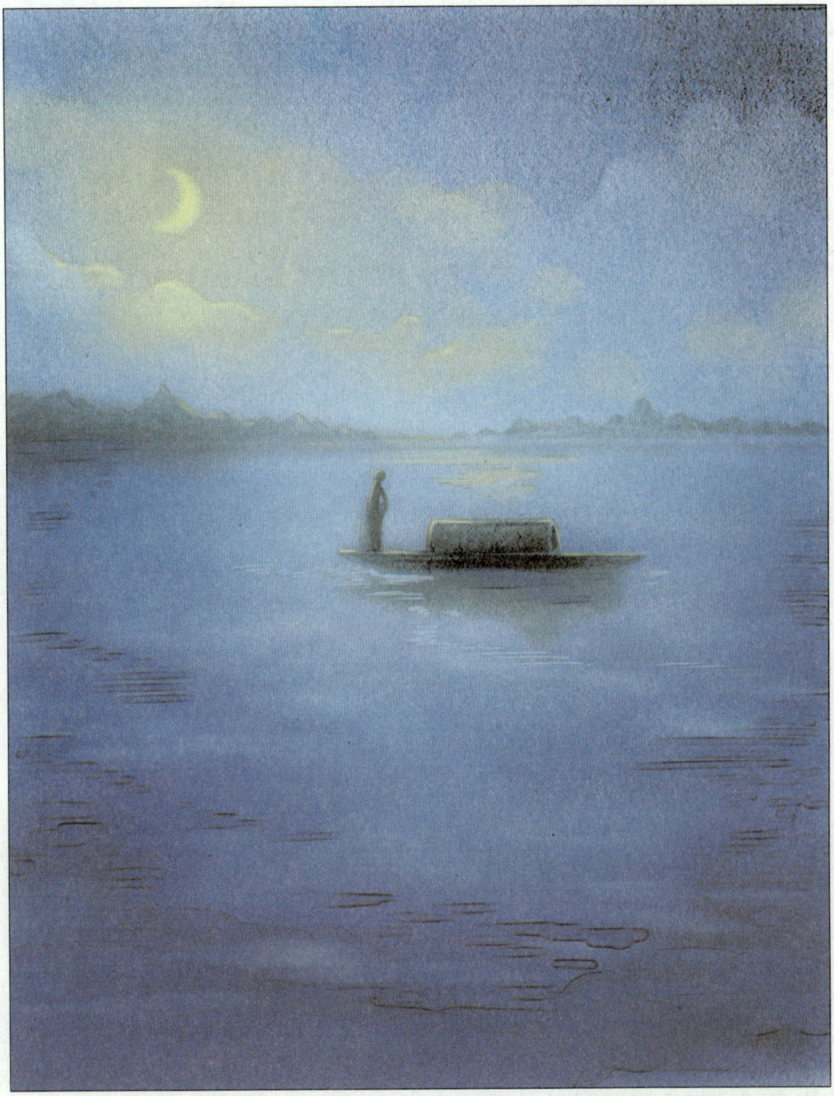

写情写景都十分生动,又充满了"时代感",唐时是只有团扇的(据说折扇是在明朝从高丽传到中国来的),古代车轮是木制的,上面还钉着钉子,不像现在的橡皮车轮,柏油路,自然走在路上是雷声隆隆了。

因此又想起清朝诗人黄仲则的:

水调歌从邻院度,
雷声车是梦中过。

和他的:

似此星辰非昨夜,
为谁风露立中宵。

和他的:

中表檀奴识面初,
第三桥畔记新居。

那时社交还没有公开,只有中表兄弟姐妹,才有见面交谈的机会,所以恋爱故事多是发生在"中表"之间,所谓"兄妹为之",《红楼梦》里的宝黛故事不是表现得最尽致的吗?

记得近代福建诗人有一本《红楼梦戏咏》,是从《红楼梦》故事里挑出十二个女人来"咏"的，其中咏黛玉的有两句：

凄绝篝灯焚稿夜，
画屏银烛正吹箫。

对照得很传神。

以上都是"断句"，但也有我能背出全首的，如清代十砚老人黄莘田的：

带酒眉尖江上看，
一钩凉月四更天。
词意清妙，过目不忘。

忽然想起半个世纪以前冯友兰先生送文藻和我结婚的对联：

文采传春水，
冰心归玉壶。

这时天色已经大明了。

一九九一年六月十一日 急就

谈散文

我很喜欢读散文,也很喜欢写散文。

我之所以喜欢写散文,也是因为我对于其他的文学形式,如同诗歌、戏剧等的艺术修养不足,写起来比较吃力。散文就比较自由,很容易拿来抒写自己当地当时的观感,轻快灵活,可长可短。层出不穷的新人新事,像光辉灿烂的朝云晚霞一般,色彩和形状瞬息万变,刚低下头写几句,抬起头来就已经面目全新!要多快好省地反映时代新事物,我觉得就非多写散文不可。

散文虽然没有形式规格的束缚,范围又广,但一篇真正好的散文,却不是常常可以写出,也不是常常可以看到的。毛主席在《反对党八股》里教导我们说:"文章是客观事物的反映,而事物是曲折复杂的,必须反复研究,才能反映恰当……"我的体会是我们对所反映的事物,必须有认识、有感情,了解其中曲折复杂的道路。对于事物的善恶美丑的衡量,必须有政治标准。眼光正确，爱憎分明，情文相生，写出来的东西，自然而然地就会生动有力，就会引起读者的共鸣。

我曾读过不少精彩的散文，如《志愿军一日》《革命回忆录》《党委书记手记》，等等。写这些文章的人都不是作家，但他们都是在革命斗争和生产斗争的战线上，和人民大众沐雨栉风、同甘共苦的人物。他们的经验是那么宝贵，回忆是那么甜蜜，写出来字字出自心坎，真挚自然，充满了鼓舞人教育人的力量。

从这些文章看来，我觉得只要有斗争经验，有真挚感情，有相当文化水平的人，都可以来写散文。实际上，散文不比其他的文学形式，能够动笔的人，大家天天都在写，学生写作文，干部写报告做总结……我们天天都在写日记，写信，这其中就会有杂感，有书评，有游记，有政论……问题是思想是不是正确，写作技术是不是高明。政治立场正确了，写作技术是比较容易得到的。我国是个有散文传统的国家，古代的散文可以借鉴的，真是浩如烟海，只要能分辨出什么是精华，什么是糟粕，读古人书是有益的。近代的精彩散文也不在少数，鲁迅先生的杂文不必说了。嬉笑怒骂，痛快淋漓，在深刻锋利上是独树一帜的。当代的散文作者，如刘白羽、吴晗、魏巍、杨朔、郭风等，也各有他们自己的风格，报刊上常有他们的文章，都可以借鉴。总之，对新时代、新社会和自己的工作有热情的人，一定有想说的话，想写的文章。常常写，常常看，熟能生巧，技术上一定会有不断的进步。我们的时代，风云际会，事事要人写，大家也想写，只要多写散文，写好散文，我们不但能把祖国优秀的散文传统继承下来，我们还能在散文历史上放一个空前的异彩。

1
—
24

提笔以前怎样安放你自己

一个人的作品，和他的环境是有关系的，人人都知道，不必多说。

不但是宽广的环境，就是最近的环境——就是在他写这作品的时候，所在的地方、所接触的境物——也更有极大的关系的，作品常被四围空气所支配，所左右，有时更能变换一篇文字中的布局，使快乐的起头，成为凄凉的收束；凄凉的起头，成为快乐的收束，真使人消灭了意志的自由呵！

坚定自己的意志么？拒绝它的暗示么？——不必，文字原是抒述感情的，它既有了这不可抵抗的力量，与我们以不可过抑的感情，文字是要受它的造就的，拒绝它不如利用它。

怎样利用它呢？就是提笔以前，你要怎样安放你自己。

这样，一篇文字的布局，约略定了，不妨先放在一边，深沉的思想，等到雨夜再整理组织它；散漫的思想，等到月夜再整理组织它——其余类推——环境要帮助你，成就了一篇满含着天籁人籁的文字。

也有的时候，意思是有了，自己不能起头，不能收尾，也不知道是应当要怎样的环境的帮助，也可以索性抛掷自己到无论何种的环境里去——就是不必与预拟的文字有丝毫的关系，只要这环境是美的——环境要自然而然地渐渐地来融化你，帮助你成了一篇满含着天籁人籁的文字。环境是有权能的，要利用它，就不可不选择它，怎样选择，就在乎你自己了。

是山中的清晨么？是海面的黄昏么？是声沉意寂的殿宇么？是夜肃人散的剧场么？——都在乎你自己要怎样安放你自己！

写作的练习

1/25

有人说："写作靠天才。"其实，这话并不尽然，所谓天才是什么？天才的定义，是一分灵感（Insperation），九分出汗（Perspiration），这句话就是说要多写多看。

关于多看，中外书籍都应当看，不但是文学，就是心理学、自然科学、社会科学等，都应当抱着"开卷有益"的态度去多看。胡适之，梁任公，都有青年必读书目，要选择去读。

因为多看可以：

一、扩充情感上的经验，使未经验过的事能以从书上经验到。

二、学习用字，用字对于写作，正像钥匙开锁一样，只要运用得纯熟，便可门门俱通。拿个事实来说吧：有一次我在轮船上，锁钥丢了，无论怎样打不开箱子，后来找到了一个专门开锁的人。他有一大串锁钥，他告诉我，这串锁钥曾经打开了许多人的箱子，果然，我的箱子也被打开了。这字眼便像钥匙可以打开许多难题。

三、习用譬喻。会演讲的人，多是用比喻，以具体的事物去形容抽象的东西，如孔子论"君子之过也，如日月之蚀焉"，这便是说明了君子之过失，好像日食月食一样的显明，人人都能看得见。又如耶稣讲天国，也是把天国比作具体的事物。

除以上所述，一个作者还应当：

一、多接近前辈作家，多和他们谈话，因为谈话也是一种艺术，富于热情的人，他的谈话有力；富于想象力的人，谈话很美；头脑清楚的人，他的谈话有条理。这三种便是写作三个最重要的条件。使你听了，自然感觉到轻松、愉快而有意味。

二、多认识不同性的、不同行的人，尤其是医生、律师和心理学家，听他们述说经验以内的事。

有一次，我在火车上，碰着了几位空军壮士，于是我便问他们："当你们驾机腾空和敌机战斗的时候，心情究竟怎么样？是不是像一般人所认为的那样英勇？那样光荣？"

他的回答是："哪儿有的事。当敌机快来轰炸我们的时候，我们马上就得加好了汽油，穿好了服装，配备好了战斗的工具，然后坐在机房内，把稳了飞轮，看准了时刻，一分，二分，三分，五分，十分，二十分地等待着，眼不能展，头不能动，四肢连伸都不能伸，周身像木片一般的麻木，敌机临空了，便起飞，当驱逐和战斗的时候，既不惧怕，也不英勇，心里只好像一张白纸"

由此看来，一般作者形容的空军壮士，都是客观的，不是主观的。是想象的，非经验的。

三、多旅行、多看山水风物；城市乡村的一切，便可多见事物的背景，多搜集写作的丰富材料。例如各地的风俗、人情、习惯，都是值得作者研究和宝贵的。

再说到多写，多写是和多看同样的重要。

一、兴到就写不拘体裁——当你有什么感触的时候，马上就把她写下来，留待以后再整理。

二、不要写经验以外的东西——一定要写你经验以内的事实，不然，便太冒险了。

三、细心观察——凡是一个写作对象的一举，一动，一言，一语，都要仔细去观察、分析，不但是大事，而且小事，不懂是表面，而且内衷，尤其要注意话后的背景和引起的反应。

四、练习观感——这也是写作中重要的条件。

a. 视觉——要注意形式颜色等，譬如说白人、白马、白玉和红布、红绒、红绸，虽然都是白的和红的，然而他们中间有着很大的差别。

b. 听觉——当你和别人谈话时，要注意音调和字句，即使你一个人静待的时候，也应当留心周围环境的声音。譬如《秋声赋》，完全是各种声音的描写。

c. 嗅觉——如同香、臭、辛、辣，而且要会描写出来。

d. 味觉——要辨别各种食物的滋味，就如说，哪种东西是甜的，它是怎样的甜，哪种东西是苦的，它又是怎样的苦。

e. 肤觉——如同冷热、松紧、粗细、干湿等，而且要会描写出来。

最后是作者本身的修养。

一个作者一定有其作者的风格，并且每个作者都有其特殊风格。平常说风格有两个定义：

一、作者把适当的字眼用在适当的地方。

二、风格就是代表作家自己，换句话说，就是文如其人。

所以一个作家要养成他的风格，必须先养成冷静的头脑，严肃的生活和清高的人格。

一、作家应当呈示问题，而不应当解决问题。也就是说作家应当站在客观立场上来透视社会，解剖社会，社会黑暗给暴露出来。就好像易卜生的娜拉，也不过是呈示妇女问题吧了。所以当着妇女们欢宴恭请他的时候，他只说了一句："我写娜拉的时候，并没有想到你们。"

二、不要先有主义后写文章，因为先有主义便会左右你的一切，最好先根据发生的现象，然后再写文章。

三、不要受主观热情的驱使，而写宣传式的标语口号的文艺作品，使人看到感觉滥调和八股。

话说某某老翁，有几亩田地，让张三耕种。他每次要谷的时候，张三总是杀鸡给他吃。但有一次的例外，没有杀鸡，于是这个老翁便生气了，便在墙上写着"此田不与张三种"七个大字。张三看见了，连忙杀了一只鸡送来。这个老翁见了鸡，连忙又写了"不与张三更与谁？"一句。张三见了很奇怪，便问他究竟是什么意思。

老翁说："上句是无鸡之谈，下句是见鸡而作。"两人哑然而笑了。本文所讲的也是无"稽"之谈，希望读者见"机"而作。

1
—
26

我们的新春献礼
—— 一束散文的鲜花

雨后初晴,在百花园中巡礼,我听见有人期望地说:"诗歌、小说、剧本的花朵,都已经怒放了,散文的花为什么姗姗来迟呢?"

我要说:爱花人,你错了,散文这个文学形式范围很宽,在诗歌、小说、剧本以外的,特别是那些短小精悍的抒情作品,几乎都可以归入散文一类。照此说来,在这百花园里,散文的花不是迟迟未开,而是已经满目春光了!

我们中国自古是个散文成绩最辉煌,散文作者最众多的国家。按照古代的文学形式而言,除了骈文以外,什么"赋""铭""传""记""表""文""言"……都是属于散文一类。我们的前辈作家,拿散文来抒情叙事、寄哀志喜、感事怀人,在短小的篇幅之中,挥洒自如,淋漓尽致。这个丰富多彩而又独树一帜的传统,几千年来,我们不是没有继承下来的。

远的不必说了,解放后的三十年中(除了"四人帮"横行时期之外),

我们的散文创作是有很好的成绩的。新中国遍地的新人新事，影响鼓舞了许多作者。排山倒海而来的建设事业和生龙活虎的人物形象，像惊雷闪电一般，敲击着作者的耳鼓和眼帘。这时节，他们迅速捕捉住这刹时的灵感，以短小自由的散文形式，亲切流畅地写在纸上。

就是这些有感情、有风格的散文作品，在作者神来之顷，写得铿锵得像诗句，雄壮得像军歌，生动曲折得像小说，活泼锋利得像戏剧的对话……这样，散文就以它特具的魅力，鼓舞着它的读者，在社会主义的大道上前进。

如今，在我们健步跨入二十世纪八十年代的时候，散文的工作是无比繁忙的。生活是那么丰富，时间是那么短迫，而在这紧张的工作与生活之中，人们比以往任何时候更加需求调剂和鼓舞。这时节，优美短小、动人心弦的散文，如一盏醇酒，如一曲清歌，良久地使人感到余香满口、余音绕梁！

在这里，我们恭谨地献上一束散文的鲜花，它是我们最近在百花园中采撷的。值得提倡的是，这些散文篇篇都以精短新鲜而见长。《蓦然回首》的作者袁鹰、《怀念中的聚会》的作者徐开垒、《樟树和水磨坊》的作者郭风等人，都是功力很深的散文家，他们的文章风格都是读者所熟悉所欣赏的。丁宁写的《仙女花开》、宗璞写的《废墟的召唤》、王雁军写的《云天忆》、张清写的《梦》、杨星火写的《热田赋》，从各个不同的角度反映了我们时代的生活。值得一提的是：这几位作者都是女同志，她们以那种特有的体察入微的目光，把祖国壮丽的山川、日常生活的见闻，同细腻的情感、丰富的资源、奋斗的人民结合起来写，充满了一股清新的乐观而勇敢的新时代气息！屠岸的《海岛之夜》以短小见长。青年工人周文海写的《南国少女》，寥寥笔墨刻画一个人物，很亲切，很动人，使我们欣喜地看到了反映农村生活的散文作品。

当我们这束散文的鲜花，送到读者的案头时，正是"一年之计在于春"的新春佳节。我们热切地希望亲爱的读者，在接受和品评这份献礼之余，能够在繁忙的工作和丰富多彩的生活之中，不放过一闪灵感，写出更多更好的散文，为着激励九亿人民欢欣鼓舞地前进，为着我们新生活的开始，为着"四个现代化"的未来！

1/27

谈信封信纸

前几天,有一位老朋友来看我,送我一束他自己院子里的鲜红的月季花,并且说:"告诉你一个好消息,××小卖部有卖白信封信纸的,快去买吧!"白信封信纸成了"奇货",也是最近几年的事。

我们传统的一般的信封信纸,是不印上彩色花样的。我记得只有红色的直道,或者没有红道,只有压上的直纹,因为我们那时写字是从上到下,从右到左的。讲究一些的笺纸和信封,就会印上种种的花样,如钟鼎、花鸟、山水等等,印迹比较浅淡,因为我们从前总是用墨笔写字,即使花样或是信笺的颜色浓了一些,也还能盖得过去。信笺上的花样,对于写字并无妨碍,且能相得益彰,相映成趣。

我记得,从前在国外卧病,正在无聊想家的时候,得到一封朋友的信,用的是一种横宽的信纸,不是八行而是十三行压出来的白道,笺纸上

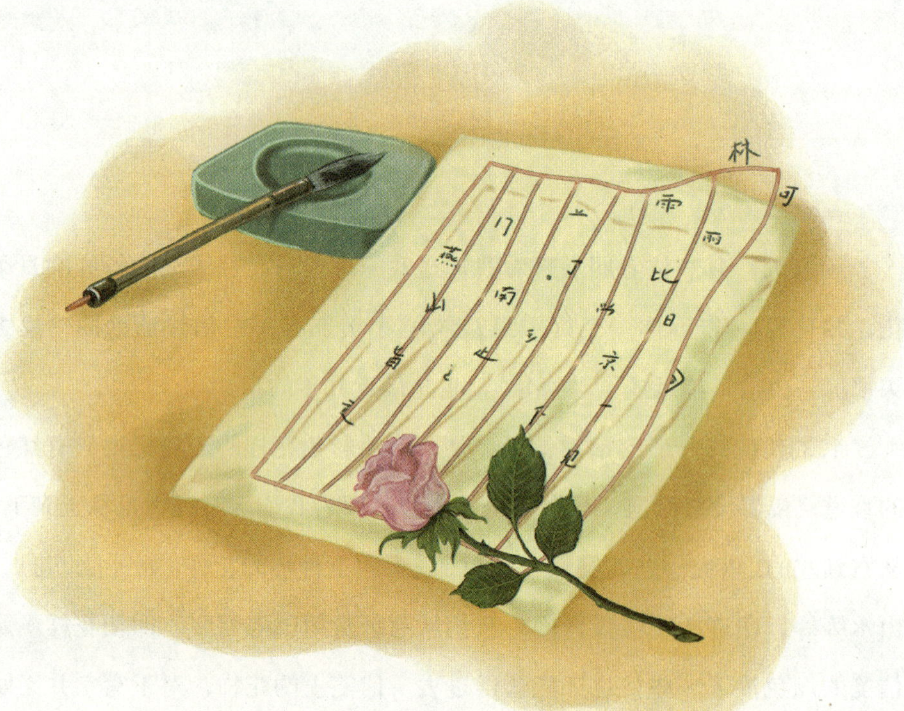

印着很大的双钩的淡绿色的字"缠绵千万语，宛转十三行"，她的字本来娟秀，衬上这笺纸，显得她安慰的话加倍有情！信里的文辞，已经不大记得了，她本人也已经死去多年，可是这一件事，和这一张信纸，到现在我还惓念着。

如今市上的一般信纸信封，有花的多，无花的少，而且颜色很浓，钢笔的墨迹，盖不过去，因此写信的时候，必须躲过那一块地方。也有的时候，上面印的花样和文字，不大合用，比方说，齐白石老先生画的鹦鹉，画上的题字是"汝好说是非，有话不在汝前说"。假如它是像诗笺一样地用较淡的颜色印到全幅的信纸上，也许还好一些。若只是在信纸的一角，印上个小小的红喙绿鹦哥，旁边题上"汝好说是非……"云云，无论是写信者或受信者，看到这两句，都会感到好笑的。

但是我想，近来信封信纸上印上花样，一定也有它的原因，而且绝大多数的花样，还不是像"鹦鹉"那样的尴尬。若是"宁缺毋滥"，挑些最合宜最精美的花样，淡淡地印上去，使惯用钢笔写信的人，可以多有挥写的余地；在信封上不致使许多字挤到一边，信纸也每张上多出方寸之地，我想，消费者会欢迎的。

我们也有些印得不错的，像带邮票的北京十大建筑的信封等，好处主要是花纹雅淡大方，并不夺目——我自己认为，除了印有花样的以外，白信纸信封不妨多预备一点，有不少人像我一样，在写信的时候，喜欢在一张白纸，或是只带着道道的纸上，不受拘束地、心无旁骛地抒写下去的。

1—28 写作经验

我有一个小孩，今年已经八岁了。每年过生日的时候都给她一个大蛋糕。最初的时候很大，抗战以后缩小了。后来就一年一年地小，到现在小成一点点。我仿佛也和孩子的蛋糕一样，年纪越大，胆子越小，不独创作的胆子小，甚至讲话的胆子也小多了。

一个人走上写作的路，也绝不是偶然的，我从来就住在海滨，所看到的只是山、水，大自然的风景，找不着一同玩耍的朋友，没有别的消遣，只有专心于读书方面。三岁的时候母亲教我认字，谈着"此地有崇山峻岭，茂林修竹""是能读三坟五典，八索九丘"。一副名对，所以我认识数目字，是从三五八九等字念起，而不是从一二三念起，有时家里人领我上街，我便去看店铺里的招牌，都能把它记住。也很喜欢听仆人们讲故事。

到了六岁的时候，自己晓得看小说，像《三国演义》《封神榜》《水浒传》《聊斋志异》一类的书，也是似懂非懂的。

后来年纪稍大一点，读林琴南翻译的外国小说，觉得津津有味。后来自己练习写作，模仿今古奇观的体裁，写了几篇故事，可是没有人买，便卖给我的父亲，换得一点意外的收入，来做点心费，每篇最高的卖一毛钱，最低的只有两三个铜板，但这对于我已经是一种鼓励。父亲也叫我对对子，记得有一回，他出的上联是"鸡唱晓"，我对的下联是"鸟鸣春"。父亲认为很好，其实并不是我自己想出，是在香烟牌上看见过的。同时我觉得对对子对于联字措辞有很大关系，有的文章念起来不响亮，写作也是一字一句不能随便的。等到十岁的时候，便搬到福建老家去住，那时生活完全改变。大家庭里姊妹很多，我便开始换上了女装，先从走路学起，在家里和姊妹们在一起？学她们讲话，注意她们的服装的颜色，看她们怎样穿鞋穿袜子。这对于我也很有影响。

后来到北平去进学校，学说北平话，对我很有用处。几年的学校生活，一方面学到很多科学方面的知识，同时也不像过去说话没有条理，慢慢地学得细致。中学毕业以后很想学医，因为我母亲常病，从前的女人又不愿意让男医生诊症，所以我在大学预科的时候，就读的医科，是预备将来替我母亲看病的。

到了五四运动的时候，我们许多同学组织学生会，他们推我担任燕大学生会文书干事，从那个时候起开始写宣传方面的文字。后来我觉得为什么不写我喜欢的东西呢？因此便开始学写小说，用"冰心"两个字做笔名，原来是因为容易写（比较谢婉莹三字容易多了），却没有别的用意。后来报馆来信叫我加上"女士"二字，说是容易引人注意，实是毫无意义。最初所写的都是社会问题的小说，如关于男女不平等、女子受压迫一类的事情；在我觉得我并没有受到压迫，也没有感到什么不平等，后来便转到童年的回忆上面，最初写《繁星》的时候，只是随手拈来，抒写一点自己的灵感，也不知道写成什么文体。后来给孙伏园先生看见，说是新体诗，于是我就写新诗，合成《繁星》《春水》这些集子，有些写成而未发表的，也就随手丢了。

后来到美国念书，才开始写《寄小读者》。自从这部书出版，我接到许多小读者的信，希望我继续写下去。他们纯洁的心情，很令我受感动，我希望总有一天能够满足他们的热忱的愿望。

过去十几年的学校生活。有许多作品，可以说是无病呻吟，自己觉得很情感。现在岁数愈大，情感益重。近几年来因身体多病及其他原因，很少写东西。抗战以后，看见许多因战争而发生的事实，悲欢离合，许多可泣可歌可写的材料，我很想写一点抗战时代的小说，但这不是说描写前线的文学，因为我不曾到过前线，我从来不肯写自己没有看见的东西，如果勉强写的话，写出来也是不切实的。

此外，我还想写一篇"自传"。大家有一个毛病，认为写"自传"，一定要了不起的人物，那么这个"自传"才有价值。

但是我看外国人写"自传"并没有一点夸大的意思，为什么外国人的"自传"往往都很有价值呢？我觉得"自传"是一种值得提倡的文学体式，不论什么人都值得将他的生活写成自传。所以我是觉得我生在世界上四十多年，正是中国转变很多的时候，假使以我个人所做的事情，以及国家社会和我的关系，有系统地写出来，也可以代表一个时代背景。可是这一个想头不知到哪一天才能实现呢!

　　现在要讲我的写作经验,有人问我:"你什么时候写文章?"我觉得我要写文章,一定要在很静的环境里才能写。所以我不喜欢在城市里面住,也不愿意在城市里面写,我喜欢在乡间住,过安静日子。同时我更喜欢在下雨下雪的时候写,因为下雨下雪便没有客人来。我还喜欢在夜晚写,不过往往写了失眠。我也喜欢在病中写,躺着的时候想,一字一句都想好了,写的时候便等于排印,所以我写文章不打稿子,所以我喜欢生病。我常常喜欢与自然接触,大城市里缺乏自然的风色。如果你没有在山上,看不到晚霞,甚至于连这些颜色都不容易想象。所以我愿意假期,可以到外面去走,亲近自然,浏览大自然的景色。

　　关于修养方面。我觉得一个很好的作家,要常常保持自己处在客观超然的地位,同时必须把自己深入那一个环境里,但是不能站某一方面讲说。譬如描写两个人打架,你不能加入甲方,帮助甲方讲话,同时也不能站在乙方,帮助乙方讲话,最好把自己处在超然的地位,冷静地观察事物,一点不要情感,理智地把他描写出来。

　　其次,我们要训练自己,无论是视觉、嗅觉、听觉,各方面都要注意。假使对一件事或者对一个东西,你听不到他的声音,不知道他的颜色,那么所描写的一定不会深刻。譬如我们形容石榴花,"榴花照眼明",就比"榴花照眼红"好。为什么"明"字比"红"字好呢?

　　因为"红"字很普遍,"明"是在"红"里带"明",所以更有意义。

　　因此,用字眼也要自己练习,斟酌用哪一个字眼才比较明显确当。同时音节也是很重要,白话文要写得合于自然音节,才可念可读。中国辞书

上篇:谈谈写作

是很注意这一点的，如平、上、去、入的调音，总是使每一篇文章读起来很顺口。现在的白话文不很注意这一点，看见小孩子的课本上有一句话，"我有工夫给你买二本书"，"二本"是多么难听呀！为什么不用"两本"呢？所以我希望你们将来要讲究写作，必须把字句修练好，写出来才会动人。

还有，我一生最喜欢看书。生病的时候躺在床上，无论什么书，好书，坏书，中国书，外国书，只要有书就看，有时发现很多我们不知道的东西。现在我们大家的毛病就是没有时间看书，但是我们还是要抽出时间阅读的。同时关于选择方面，我劝你们不要看翻译本，最好看原本。中国也有好小说，像《红楼梦》《镜花缘》《儿女英雄传》《水浒传》《封神榜》《西游记》等都是很好的，可惜中国人喜欢讲整数，成套数，凑成多少章回，如《水浒传》里一定要凑成一百零八将，不免有时变成呆板了。《西游记》很好，是向前走的。《封神榜》《红楼梦》也是一个很好的练习。此外我们还有各有不同的作风的，总之就是和会说话的人谈话，听他用字，听有学问的人讲话，看他的结构，看他的造句，因为多谈话便有机会训练自己。

最后我觉得写文章，一分是靠天才，九分是靠压迫。要朋友逼才可以写得快，不过现在为了经济逼迫，也会写得快一点了。

今天我讲的有些话都没有道理，但是各人有各人的经验，正像北平天桥变戏法的人所讲，"戏法人人会变，各有巧妙不同"。我的作风也是这样，没有什么特别，不过那也正是我的巧妙了。

1
--
29

力构小窗随笔

"力构小窗"是潜庐里一间屋子的向东的窗户。这间屋子就算是书房罢,因为里面有几只书架,两张书桌,架上有些书籍报章,桌上也有些笔墨纸砚。不过西墙下还放着一张床,床下还有书箱,床边还有衣架。这床常常是不空着,周末回家的学生,游山而不能回去的客人,都在那里睡下,因此这书房常常变成客室,可用的时候,也不算多。

在北平的时候,曾给我们的书房起了一个名字,是"难为春室",那时正是"九一八"之后,满目风云,取"四海皆秋气,一室难为春"之意。还请我们的朋友容希白先生,用甲骨文写了一张小横披。南下之后,那小横披也不知去向。前年在迁入潜庐之先,曾另请一位朋友再写这四个字的横额,这位先生嫌"难为春"三个字太衰飒,再三迁延推托,至终这间书房兼客室的屋子,还没有名字。

上篇:谈谈写作 123

中国人喜欢给亭台楼阁、屋子、房子，起些名字。这些名字，不但象形，而且会意，往往将主人的心胸寄托，完全呈露——当然用滥了之后，也往往不能代表——这种例子俯拾即是，不须多说。

潜庐只是歌乐山腰，向东的一座土房，大小只有六间屋子，外面看去四四方方的，毫无风趣可言！倒是屋子四围那几十棵松树，三年来拔高了四五尺，把房子完全遮起，无冬无夏，都是浓阴逼人。房子左右，有云顶兔子二山当窗对峙，无论从哪一处外望，都有峰峦起伏之胜。房子东面松树下便是山坡，有小小的一块空地，站在那里看下去，便如同在飞机里下视一般，嘉陵江蜿蜒如带，沙磁区各学校建筑，都排列在眼前。隔江是重庆，重庆山外是南岸的山，真是"蜀江水碧蜀山青"，重庆又常常阴雨，淡雾之中，碧的更碧，青的更青，比起北方山水，又另是一番景色。

潜庐不曾挂牌，也不曾悬匾，只有主人同客人提过这名字，客人写信来的时候，只要把主人名字写对了。房子的名字，也似乎起了效用。四川歌乐山的潜庐和云南三台山的默庐一样，都是主人静伏的意思。因此这房子里常常很静，孩子们一上学，连笑声都听不见。只主人自己悄悄地忙，有时写信，有时记账，有时淘米、洗菜、缝衣裳补袜子……却难得写写文章！

如今再回到"力构小窗"——这间书客室既是废名，而且环顾室中，也实在不配什么高雅的名字，只有这个窗子，窗前的一张书桌，两张藤椅，窗外一片浓荫，当松树抽枝的时候，桌上落下一层黄粉，山中浓雾，云气飞涌入帘，这些光景，都颇有点诗意。夜中一灯如豆，也有过亲戚的情话，朋友的清谈，有时雨声从窗外透入，月色从窗外浸来，都可以为日后追忆留恋的资料。尤其在当编辑的朋友，苦苦索稿的时候，自己一赌气拉过椅子坐下，提笔构思，这面窗子便横在眼前，排除不掉。

一个朋友说："你知道不？写作是一分靠天才，九分靠逼迫……"如今这一分天才，已消磨殆尽，而逼迫却从九分加到十分，我向来所坚持的"须其自来，不以力构"的写作条件，已不能存在了。忙病相连，忙中病中所偶得的一点文思，都在过眼云烟中消逝，人生几何？还是靠逼迫来乱写吧，于是乎名吾窗曰"力构小窗"，也是老牛破车，在鞭策下勉强前进的意思！

我看见了陶渊明

陶渊明是我最先熟悉的诗人,我对他的印象最深。原因是在我刚刚懂得喜欢诗歌的时候,我的祖父就把陶渊明的一些诗念给我听。陶渊明是他最心爱的诗人。他集了许多陶渊明的诗句,写成短短的横幅,挂得到处都是。我吃饭时也看它,睡觉前也看它,从他的诗里,从祖父的口中,我也知道他是一位有骨气、有风趣、有学问的老头子。再大一点,又读到他的《闲情赋》,我感到对于他的性格,又多知道了一些,但是在我的想象里,影影绰绰地,总抓不到他的真实的形象。

前几天从《人民文学》一九六一年第十一月号上看到陈翔鹤同志写的《陶渊明写"挽歌"》这一篇小说,心里兴奋得很,就如同看了一部关于陶渊明的电影一样的痛快!

近来很提倡写历史小说,历史小说应该写,我们的青少年朋友对我们历史上应该知道的许多人物和事情,是不熟悉的,甚至于陌生的,这是极其可惜的一件事情。我常想,在我们祖国几千年的历史中,出现了多少可敬可爱的人物,曾有过多少可以供人借鉴的文字,假如这些人物和文字,都没有活生生地走到青少年的眼前,走进青少年的脑际,去起一番鼓舞和刺激的作用的话,这些人物也就白活了,这些文字也算白写了。怎么能使历史上人物栩栩如生地走到青年人的眼前,这就是历史小说的作用了。

为要写好历史小说,你必须掌握、熟悉许多东西,比方说,你所描写的人物的身世、性格、爱好,他的家庭、他的朋友们,以及当时当地的风俗习惯、起居饮食,你都得有相当的研究,否则就会出宋版的《康熙字典》的笑话。

同时,也是首要的,你所描写的这一个人,这一件事,必须曾在你心中激起一种剧烈的感情,爱也好,憎也好,这种剧烈的感情,加上你所收集所知道的关于这个人这件事的一切背景,在你脑中构成了一幅鲜明的图画。这时节,你的小说中的主人公,就从这幅图画上站起来了,就像诸葛孔明摇着羽毛扇从《三国演义》里站起来一样,他那种顾盼如神、指挥风生的风度气魄,是《三国志》里所没有尽量发挥的。

为试着追忆历史上的短小故事,我忽然想起《世说》中的一段:二儿故琢钉戏,了无遽容。融谓使者曰:"冀罪止于身,二儿可能全不?"

儿徐进曰:"大人岂见覆巢之下,安有完卵乎?"寻亦收至。

这六七十字里就大有文章!从最微小的地方说起,孩子们知道"覆巢之下,安有完卵",他们可能掏过雀窝,这是可以写一段的,但是什么是"琢钉戏"?怎么玩法?至于孔融为什么被收,以至于灭门?在"中外惶怖"

之中，而两个八九岁的孩子为什么能"了无遽容"？有待于研究考查的问题就更多了。历史小说应该写，历史小说也不好写，从这里我欣赏到《陶渊明写"挽歌"》这一篇小说的好处。

1/31 感谢我们的语文老师

  前天近午,有三个在初中和高中读书的少年来看我。他们坐了一大段车,还走了一大段路,带着满脸的热汗,满身的热气,满心的热情,一进门就喊:"×妈妈,您好,我们来了!"

  这几个孩子,几乎是我看着他们长大的,几个月不见,仿佛又长了一大截!有的连嗓音都变了,有的虽然戴着红领巾,却不像个中学生而像个辅导员,有的更加持重腼腆,简直像个大姑娘了,可是在我这里,他们就像回到自己家里一样,一面扇扇子,喝凉水,眼睛四下里看,嘴里还不住地说。最后,他们就跑到书架和书桌前面去……"您有什么新书没有?"

  "您这儿还有《红旗谱》哪,我看过一遍都忘了,老师还让我们夏天看呢,借给我好不好?"

  "这《蕙风词话》《人间词话》说的是什么呀?"

上篇:谈谈写作 129

"呵,《人民文学》第七期,我们都说那篇《赖大嫂》写得好,您说呢?"

我一个人实在对付不了三张快速的嘴,我只看着他们笑,我只感到心花怒放,多么火热的青春呵!

慢慢地,他们手里拿着书、水杯和大蒲扇,围着我坐下来了,谈着看书,谈着文学作品,忽然谈锋转向语文老师。

那个变了嗓音的大小孩子说:"我看书的兴趣,完全是我们的语文老师引起的。在前年,我们的那位语文老师,不用提多好啦,给我们上语文课的时候,讲的那么生动,我们都听得入了迷。下课以后去找他谈话,他还给我介绍许多课外的书籍。那一年,我看的书最多了,课内的古典文学,像《琵琶行》,我到现在还能背。可惜这位老师只教我们一年,就去编教材去了。后来的语文老师,上课时候讲的内容和政治课差不多,我们对于课文的感受就不特别深了……"

那个更加沉静的姑娘,这时也微笑说:"我们的语文老师也不错,我就是喜欢跟他写作文。他出的题目好,总让人人都有自己的话说,而且说起来没有完。他在卷本上批改的并不多,但是他和每个学生谈话的时候,却能谈到几个钟头。现在,我才知道写作文也可以是一件很快乐的事……"

我看着这几双发亮的感激的眼睛,使我想起了许多往事,从欣赏到写作,从幼芽到小树,是经过多少人的细心培养呵。

我嘴里只说:"我真愿意你们的语文老师都在这里,他们听了不知要怎样地高兴。但是,也别忘了,'师父领进门,修行在个人',阅读和写作,一旦有了好的开头,就得自己努力继续下去,要不然,老师走了,这些好习惯也跟着走了,你说可惜不可惜?那老师也就白教了!"

他们都笑了,"也可能是白教了,我们努力就是,不过,我们还是感谢我们的老师!"

我好像是对自己说的,"只要努力,老师就决没有白教,让我们都感谢我们的老师!"

"轻不着纸"和"力透纸背"

古人谈到写文章的笔力,有轻重之分,轻的轻不着纸,重的力透纸背,这当然都是指写得好的。

最近看到两篇短篇小说,心里也有这个感觉。

"轻不着纸"的是林斤澜的《新生》(《人民文学》一九六〇年十二月号)。这篇小说里整个气氛是云淡风轻,花遮月映。这新生不是一个婴儿的新生,而是一个山区社会的新生,是整个中国的新生,反映在一角深山老林,九岭十八湾的村落里。故事里的人物,如瘦瘦的新媳妇、新媳妇的男人、姑娘大夫、胡子、小伙子、老爷子,还有三百里外没露面的一个小伙子大夫……这些人,连名字都没有,读者也看不出哪一个是故事里的主人翁。故事只是围绕着一个婴儿的新生来说的,好像一首叙事诗。在这个崭新的山区社会里,第一次做母亲的新媳妇,为的自己是蔬菜组长,不顾老大夫的警告，一定要坚持到治好红蜘蛛、弄到两天水米不沾牙，结果难产。

生产队长恨不能一头钻到广播喇叭里，希望能把大夫请来。姑娘大夫在大风雨中来了，一路上，偶遇的：胡子卸下车子上的驴子给她骑，复员军人的小伙子背她过河，老爷子点起火把带她上山，一路上还给她念些抬轿的穷歌们编的"诗"……这里面有诗，有画，有悬念，有紧张。最后是"新生命吹号一般，亮亮地哭出声来。

姑娘大夫在山空人静的归途上打心里发出快乐。工作上的一些困难，都让不知姓名的人们分担去了。感到这时代的生活是多么充实，多么幸福……

"力透纸背"的是旭明的《山里红巧助钻山虎》（《北京文艺》一九六〇年十二月号）。这篇小说一上眼，就是浪涛夜惊，风雨骤至！这故事说的是采掘工业生产第一线上的当当响的人物，主人翁不但有姓名，还有极其形象化的绰号。一个是干劲冲天，有"赛过十部风锤同时开动"的声音，"抱着风锤，脑门都快抵住岩石"的"钻山虎"安德全，一个是"腮帮都是红喷喷的""抽空就抱着书本"学习毛主席著作，又精干又温存的"山里红"刘玉红。一心想"搞好工作"，"而又有点骄傲自满"的"钻山虎"，使得赵书记，他们组和别的组的同志，都为他着急操心，他的妻子"山里红"，当然也不例外。她对他是又批评，又鼓励，又帮助。说起这件事，叫"钻山虎"脸上烧呼呼的，但是他还是乐意连锅往出端。

"钻山虎"说全工地上没有人不夸她七分，怕她三分的，这当然也包括他自己在内！

这篇小说里的语言，特别精练，特别有力，特别传神，稳静的赵书记，谦虚的秦队长，连说不上两三句话的大李和小炮手，也都有他们自己说话的神气和声音。这些声音夹杂着嘭嘭的放炮的闷响，扇风机呜呜的尖叫，清脆的车笛声以及轰隆的土电机车和风锤的声音，交织成为矿井下火热斗争的交响乐。

最后，困难克服了，"纯粹的乌金闪亮的煤开出来了"，这煤要走遍全国，炼铁炼钢……永定河水哗哗地流得好欢呵，小夫妻俩，手挽手地过桥回家去，心坎间充满了说不出的无限的情意，这是新社会里的夫妻之间的感情，"在我们这儿，就是这样！"

祖国的一大片土地上，无论在高山在矿井，到处都有人在画着最新最美的图画，正是作家们应用自己独特的手法的大好机会，让我们一起努力吧！

《喜事盈门》给我的喜悦

有一个多月没有看到国内的文艺作品了，当我坐在书桌旁边，一本又一本地翻阅着堆积着的各种文艺刊物的时候，心中感着无限的期待与兴奋。

在看完《文艺报》一九六一年第六期上的《题材问题》的专论以后，恰好就读到《北京文艺》一九六一年四月号上费枝写的短篇小说《喜事盈门》，不由得满心高兴！我觉得这篇小说写得很好，恰恰证明了《文艺报》这篇专论所提的："创作题材多样化，有利于反映世界的多样性，反映无限丰富的伟大现实；有利于满足人民群众精神生活上的多方面的需要，用无限丰富的现实图画帮助读者认识生活的真理。"

这篇小说开头第一句就是"公社干部全下村去了"。于是作者在"大办农业"的锣鼓喧天全班上阵之中，挑出公社静静的大院里的一间屋子，让精明强干的民政干事小包来处理一件"人民内部矛盾"的离婚案子。小包对于自己的工作,是十分重视的,他说:"别小看这些琐碎的家庭纠纷,往往因为家务处理不好,直接间接影响到生产。再说,新的家庭关系也是一点一滴培养起来的,咱们有责任呐……"围绕着这个主题,故事的发展和矛盾的解决,不蔓不枝、丝丝入扣地描写了下去;在简洁而有力的叙述之中,不但指出了矛盾,突出了人物性格,也深入浅出地烘托了许多新社会里人民精神面貌的变化。

崔库是在旧社会受过气的心眼窄狭的农民,当初要娶范月英的时候,使了一百块大洋,卖了地,欠了债,因此他总是债主子似的,拿打老婆来出气。解放后,日子好过了,新社会也不兴打老婆了,只是在公社化以后,范月英把自己参加劳动得来的工资,在银行里另存了户头,说话也"得理不让人"了,他就又抡起拳头打她一次,这下让范月英给告下来了,提出还他一百块钱,坚决和他打离婚。在丈夫服罪、妻子数说的时候,小包用心地听着,他听出范月英的心灵深处不但要求丈夫不打她,还要求丈夫尊重体贴她,要求新的夫妻关系,新的家庭感情。这时一对年轻人来登记结婚了,这一对也都是劳动的好手,男的憨厚些,女的精明些,但是时代不同了,对于处理问题的观点方法也不同了。他们没有一点封建残余,只是同心协力欢欢喜喜地向前走。小包策略地通过同这一对青年的问答,感动教育了那一对站在旁边默然听着的中年夫妻。结果是:他们眼睛里流露出柔和的情意,怨怒和忧愁都消散了,他们仿佛初次意识到他们多年来同甘共苦的生活情意,意识到在今天新社会里他们家庭新的关系开始了。小包把这一对生产积极的社员,送出门口,送上大路,还叮咛着:"快赶路吧,腿脚可要加快呀!"

这时候，被这篇生动紧张的故事所吸引着的读者，也会和消除了矛盾的夫妻一同心情舒畅地走上社会主义建设的大道！

这篇小说里有许多把故事前前后后像网纲似的孔孔穿起的画龙点睛的句子，都使知道些创作甘苦的人，发出赞赏的会心的微笑。读者能够去细心寻味，也是学习写作之一法。

1/34
玉工的启发

好几年以前，在一个美术工艺社的玉器雕刻室，看见在外面车间里，有十几部用电磨雕玉的机器，在嚓嚓地细声响着，在工人手里转动的素材，很快地就磨成种种美丽的形象，切磋琢磨用了机器之后，工作程序就快得多了。

进到里面小一点的车间，有几位师傅正在画图构思。他们手里捧着一块块的玉石，反复地端详，默默地运思，在想象他们手里的这块玉石，它的大小、颜色、形状、纹理，最适合于雕成什么东西，怎样使这块玉石在他们的意想调配之下，变成最鲜明生动的形象。

看了桌上的成品，使我们忍不住发出赞叹！比如说，有一块纯白的玉石，里面却有两朵大小不同颜色深浅的红点，雕玉师傅把它设计成两只来亨鸡，大的红点变成公鸡的鸡冠，小的变成母鸡头上浅红的冠子，公鸡引吭高鸣,母鸡在低头啄食,真是栩栩如生!以此类推,花卉、草虫、人物,各尽其妙。

我当时就联想到,我们写文章的人,也应该这样的处理我们捉到的素材。在社会主义建设的时代,朝气蓬勃,奇迹像春笋一般到处冒尖,英雄人物更是辈出不穷,只要一个作家有对新社会的热爱,有对自己工作的热爱,到处留心,到处发掘,材料会比山上的玉石还多的。问题就是怎样把它变成五光十色、多种多样、巧夺天工、生动鲜明的、有鼓舞人教育人力量的作品。

我知道有一位著名的作家,他身上永远带着一个小本,看到一个典型突出的小动作,或是听到一两句有力的生动的对话,他立刻就把它记在本子上,以备不时之需。他积累的零碎的材料很多,但不是全用得上,因为他是写大块文章的,牵扯不到的东西,无论多么好,也只得割爱——我总觉得很可惜。

现在,我们需要各种各样的文学形式的作品,特别是小型的。现在,劳逸结合,大家读书的时间多了,但是看长篇累牍的大作品,拿起来放不下,心中总会歉然,不像看短篇文章那样爽快。《人民日报》改版后的那些短小精悍、鼓舞士气、增加知识的文章,受到普遍的欢迎,也是为此。

因此,我们希望作家们抖擞精神,不拘一格,素材拿到手,端详一下,考虑一下,适合于写独幕剧,就写独幕剧;适合于写童话,就写童话;适合于写小小说,就写小小说;适合于写短诗,就写短诗……不把它闭居深藏,等待人马来齐,才一同上阵。这样就使夏云、流星、火花一样的,在作家脑子里印象极深的零碎的素材,也可以随时送到读者的面前,让大家

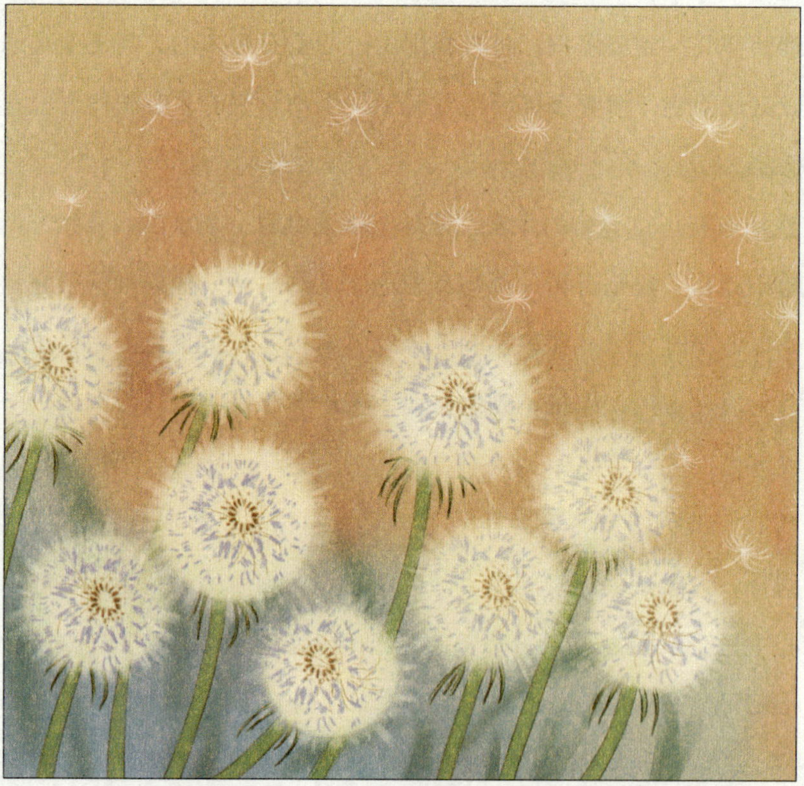

一同享受到我们的感动和快乐。

  当然，作家们都有自己熟悉的惯用的文学形式，不过这也不是一成不变的，写文章的人，往往是多面手，问题是在于素材。而且不习惯的文学形式，也会因为尝试而得到了味道，导致后来的得心应手，左右逢源，"有意栽花"，同时也不妨"无心插柳"，弄到绿叶成荫，才知道劳动永远是不白费的。

  我们的时代，是百花齐放的时代，我们不但要盈亩满畦、一望无际的牡丹和菊花，我们也要树下的紫罗兰、草地边的蒲公英，世界上没有不爱花卉的人，但是每人的爱好不尽相同，我们的责任是不但让读者能兼收并蓄，还可以各取所需。

我做小说，何曾悲观呢

昨天下午四点钟，放了学回家，一进门来，看见庭院里数十盆的菊花，都开得如云似锦，花台里的落叶却堆满了，便放下书籍，拿起灌壶来，将菊花挨次地都浇了，又拿了扫帚，一下一下地慢慢去扫那落叶。父亲和母亲都坐在廊子上，一边看着我扫地，一边闲谈。

忽然仆人从外院走进来，递给我一封信，是一位旧同学寄给我的，拆开一看，内中有一段话，提到我作小说的事情，他说："从《晨报》上读尊著小说数篇，极好，但何苦多作悲观语，令人读之，觉满纸秋声也。"我笑了一笑，便递给母亲，父亲也走近前来，一同看这封信。

母亲看完了，便对我说："他说得极是，你所作的小说，总带些悲惨，叫人看着心里不好过，你这样小小的年纪，不应该学这个样子，你要知道一个人的文字，和他的前途，是很有关系的。"

父亲点一点头也说道:"我倒不是说什么忌讳,只怕多作这种文字,思想不免渐渐地趋到消极一方面去,你平日的壮志,终久要消磨的。"

我笑着辩道:"我并没有说我自己,都说的是别人,难道和我有什么影响。"母亲也笑着说道:"难道这文字不是你作的,你何必强辩。"

我便忍着笑低下头去,仍去扫那落叶。

五点钟以后,父亲出门去了,母亲也进到屋子里去。只有我一个人站到廊子上,对着菊花,因为细想父亲和母亲的话,不觉凝了一会子神,抬起头来,只见淡淡的云片,拥着半轮明月,从落叶萧疏的树隙里,射将过来,一阵一阵地暮鸦咿咿呀呀地掠月南飞,院子里的菊花,与初生的月影相掩映,越显得十分幽媚,好像是一幅绝妙的秋景图。

我的书斋窗前,常常不断地栽着花草,庭院里是最幽静不过的。屋子以外,四围都是空地和人家的园林,参天的树影,如同曲曲屏山。我每日放学归来,多半要坐在窗下书案旁边,领略那"天然之美",去疏散我的脑筋。就是我写这篇文字的时候,也是帘卷西风,夜凉如水,满庭花影,消瘦不堪……我总觉得一个人所作的文字和眼前的景物,是很有关系的,并且小说里头,碰着写景的时候,如果要摹写那清幽的境界,就免不了用许多冷涩的字眼,才能形容得出,我每次作小说,因为写景的关系,和我眼前接触的影响,或不免带些悲凉的色彩,这倒不必讳言的。至于悲观两个字,我自问实在不敢承认呵。

再进一步来说,我作小说的目的,是要想感化社会,所以极力描写那旧社会旧家庭的不良现状,好叫人看了有所警觉,方能想去改良,若不说得沉痛悲惨,就难引起阅者的注意,若不能引起阅者的注意,就难激动他们去改良。何况旧社会旧家庭里,许多真情实事,还有比我所说的悲惨到十倍的呢。我记得前些日子,在《国民公报》的《寸铁》栏中,看见某君论我所作的小说,大意说:有个朋友在晨报上,看见某女士所作的《斯人独憔悴》小说,便对我痛恨旧家庭习惯的不良……我说只晓得痛恨,是没有益处的,总要大家努力去改良才好。

这"痛恨"和"努力改良",便是我作小说所要得的结果了。这样便是借着"消极的文字",去做那"积极的事业"了。

就使于我个人的前途上,真个有什么影响,我也是情愿去领受的,何况决不至于如此呢。

但是宇宙之内,却不能够只有"秋肃",没有"春温",我的文字上,既然都是"苦雨凄风",也应当有个"柳明花笑"。

不日我想作一篇乐观的小说,省得我的父母和朋友,都虑我的精神渐渐趋到消极方面去。方才所说的,就算是我的一种预约罢了。

1/36

译书之我见

　　我对于翻译书籍一方面，是没有什么经验的；然而我在杂志和报纸上面，常常理会得在翻译的文字里头，有我个人觉得不满意的地方，因此要摘举它们的缺点，记在下面：

　　一、在外国文字里面，有许多的名词和字眼，是不容易翻译的，不容易寻得适宜的中国字眼和名词去代表的；因此那译者便索性不译，仍旧把原字夹在行间字里。

　　我们为什么要译书？简单浅近地说一句，就是为供给那些不认得外国文字的人，可以阅看诵读；所以既然翻译出来了，最好能使它通俗。现在我们中国，教育还没有普及，认得字的人，比较的已经是很少的了，认得外国文字的人，是更不用说的。这样，译本上行间字里，一夹着外国字，那意思便不连贯，不明了，实在是打断了阅者的兴头和锐气；或者因为一两个字贻误全篇，便抛书不看了。

如此看来，还只有认得外国文字的人，才可以得那译本的益处，岂不是画蛇添足，多此一举么？所以我想最好就是译者对于难译的名词，字眼，能以因时制宜，参看上下文的意思取那最相近的中国字眼名词，翻译出来。若是嫌它词不达意，尽可用括号将原字圈起来，附在下面，以备参考。至于人名地名，因为译者言人人殊，有时反足致人误会，似乎还是仍其本真妥当些。

二、翻译的文字里面，有时太过的参以己意，或引用中国成语——这点多半是小说里居多——使阅者对于书籍，没有了信任。例如："……吾恐铜山东崩，洛钟西应……"

"……'父亲，请念这蜡烛上的字。'孙先生欣然念道：'福如东海……寿比南山'……"

"……是不是取'同心之言，其臭如兰'的意思呢？……"像这一类的还多——我常常疑惑，那原本上叙述这事或这句话的时候，是怎样转接下去的。这"同心之言，其臭如兰"分明是中国成语，寿烛上刻着"福如东海，寿比南山"分明是中国的习惯，而且译者又这样的用法，自然是译者杜撰的了。类推其余的，也必是有许多窜易的地方。这样，使阅者对于译本，根本上不信任起来，这原没有苛求的价值。

然而译者对于著者未免太不负责任了，而且在艺术的"真"和"美"上，是很有关系的，似乎还是不用为好。

三、有时译笔太直截了。西国的文法，和中国文法不同；太直译了，往往语气颠倒，意思也不明了。为图阅者的方便起见，不妨稍微上下挪动一点。

例如："……这时他没有别的思想，除了恐怖忧郁以外……"

假如调动一番，使它成为"……他这时除了恐怖忧郁以外，没有别的思想……"

或者更为妥当一些。

还有一件事，虽然与译书无关，但也不妨附此说说。就是在"非翻译"的文字里面，也有时在引用西籍的文字，或是外人的言论的时候，便在"某国的某某曾说过"之下，洋洋洒洒地抄了一大篇西文，后面并不加以注释。或是在一句之中，夹上一个外国字，或是文字之间，故意语气颠倒。

对于第一条，写一大篇外国字的办法，我没有工夫去重抄，总之是极其多见就是了。

第二条例如："……既然有 Right 就应当有 duty……"

"……Oh！ My dear friend！ 你们要……"

"……都彼此用真情相见，便用不着 Mask 了……"

第三条例如："……'花儿！——花儿！'半开的大门台阶上一个老女人喊道……"

"……'你的东西忘下了，'他一路追一路嚷……"

像这一类——二，三条——的更多了。

前些日子，有一位朋友和我谈到这件事。他说："我真不明白作这文章的人，是什么意思。若是因为这几个字，不容易拿中国字去代替，只得仍用它夹在句子里，这样，十分热心要明白了解这句子的人，不免要去查字典，或是要请教别人，作者何不先自己用一番工夫，却使阅者费这些手续？

何况 Right 原可翻作'权利'，duty 原可翻作'义务'，mask 原可翻作'假面具'呢。作者如要卖弄英文，何不就作一篇英文论说，偏要在一大篇汉文论说里，嵌上这小小的一两个字呢？不过只显得他的英文程度，还是极其肤浅就是了。"——他所说的话，未免过激，我不敢附和。然而这样的章法，确有不妥的地方，平心而论，总是作者不经意、不留心，才有这样的缺点——平常对同学或朋友谈话的时候，彼此都懂得外国文字，随便谈惯了。作文的时候，也不知不觉地，便用在文字里。在作者一方面，是毫无轻重的。然而我们在大庭广众之间，有时同乡遇见了，为着多数人的缘故，尚且不肯用乡音谈话。何况书籍是不胫而走的，更应当为多数人着想了。盼望以后的作者，对于这点，要格外注意才好。

引用外国书籍上的文字，或是名人的言语的时候，也更是如此，否则要弄出"言者谆谆，听者藐藐"的笑柄，白占了篇幅，却不发生效力，时间和空间上，都未免太不经济了。

何况引用的话，都是极吃力有精彩的呢。

有时全篇文字，句句语气颠倒，看去好像是翻译的文字。

这原是随作者的便，不过以我个人看去，似乎可以不必！

归总说一句，就是译书或著书的宗旨，绝不是为自己读阅，也绝不是为已经懂得这书的人的读阅。耶稣说："康健的人，用不着医生，有病的人，才用得着。"译者和作者如处处为阅者着想，就可以免去这些缺点了。

入世才人粲若花

1/37

《人民日报》海外版的编辑，让我写一篇关于中国女作家的文章，我心头立刻涌上古人的一句诗："入世才人粲若花。"

从"五四"以来，直至八十年代的今天，我所认识或知道的女作家，如同齐放的百花，争妍斗艳：梅、兰、荷、菊、月季、牡丹、合欢、含笑……从我的心幕上掠过一幅接着一幅的人面和文字，十分生动，十分鲜明。这些花各有各的颜色，各有各的芬芳，各有各的风韵、风度和风骨！

"五四"时代，算是现代女作家的早春吧，山桃先开，颜色还是淡红的，以后就是深黄的迎春，浓紫的丁香，接下去春色愈浓，可以说是万紫千红、百花齐放了。

记得"五四"时代，我们的前辈有袁昌英和陈衡哲先生，与我同时的有黄卢隐、苏雪林和冯沅君。

再往后有凌叔华,她是我的燕大同学,多年侨居英伦,至今还有通讯。

说起燕大的同学,还有杨刚和韩素音,她们比我年轻得多。杨刚在抗战时期任香港大公报编辑,我那时写的文章,多是她"逼"出来的。韩素音久居瑞士,是用英文写作的。她常回国探亲,每次几乎都来看我,每出一本书也都寄我。

一九二五年我在美国的绮色佳会见了林徽因,那时她是我的男朋友吴文藻的好友梁思成的未婚妻,也是我所见到的女作家中最俏美灵秀的一个。后来,我常在《新月》上看到她的诗文,真是文如其人。

我与丁玲是一九二八年通过我的小弟冰季相识的,关于我们的友谊,在去年我写的《悼丁玲》中都说过了。

一九五一年我从日本回国后又认识了许多女作家,如杨沫、草明。

与茹志鹃的接触要稍后一些,有一年我到上海,在巴金请客的席上,见她又抽烟,又喝酒,又大说大笑,真有一股英气。我在《人民日报》上曾写过一篇文章,介绍她的小说《静静的产院》。我羡慕她还有个作家的女儿王安忆,我也曾给安忆的作品写过序。

张洁和谌容都是我比较熟悉的,我很喜欢张洁的《沉重的翅膀》,也曾为她的初期作品写过序。谌容是女作家中最有幽默感的。她和茹志鹃都抽烟,可惜我早已戒烟,不能再奉陪了。谌容还是个美食家,曾到我家做过葱油鸭。我从来是个会吃不会做的人,乐得"坐享其成"。

张辛欣是我最近才认识的,她的作品不少,我比较欣赏她写的《北京人》,使人感到亲切。

昨天散文家丁宁带了一盆仙草花来看我,她是我的"棚友",十年动乱中，我们曾"同居"过一些日子。

四十年代初在四川，老舍向我介绍了赵清阁，她写剧本，曾和老舍合写《万世师表》，是写清华校长梅贻琦的事迹。我和赵清阁至今还常通信。

散文家宗璞，五十年代我们就认识了。她的散文就像我现在桌上的水仙那样地清香。

杨绛是我看了她的《干校六记》，很欣赏而认识的，她不但有创作，也有译作，是个多才多艺的人。

多才多艺的还有黄宗英，我从影屏上看到她演巴金《家》中的梅表姐，以后又读了她的《小丫扛大旗》等极有风趣的文章。

新凤霞是个演员，但她的自传文章十分真挚动人，吴祖光带她来看我，让我为她的文集作序，我欣然答应了。

陈愉庆是和她爱人马大京用达理的笔名合写小说的，我十分欣赏他们的作品。他们经常来看我，愉庆还送我一个自制的小布人，我把它挂在我床前的墙上，它天天对着我笑。

同我见过面，或者来看望过我的，还有叶文玲、益希单增、张抗抗以及很年轻的铁凝、喻杉等，都是很有才气的作家。

如今该谈到女诗人了。

柯岩的追悼总理的诗，尤其打动了我的心。她和我年轻时一样，爱穿黑色的衣服。

诗人中还有舒婷，我从读到她歌颂祖国的诗起，就总在书刊上找她的诗看。一年作协开会时，有七位福建同乡来看我，其中一位穿绿色上衣的，便是舒婷。

女诗人里还有李小雨,是诗人李瑛的女儿,她四出采访、寻探,诗写得很好。

韦君宜是我在五十年代就熟悉的一位编辑,后来看了她写的几本书,才知道还是一个极好的作家,她的作品非常质朴真挚。今年年初吧,她也患了脑溢血,我听了很着急。前些天我小女儿的爱人陈恕,替我去探问了她,她还从沙发上站了起来,表示她还"可以"。这形象正像她那刚正不阿的人格!

年轻的还有陈祖芬,我在评论她写的《经济和人》中,曾把她比作一只戏球的幼狮,她本人却是十分温文尔雅。

写儿童文学的有葛翠琳,是一九五一年我从日本回国时,陪同老舍来看我的一个小姑娘,现在是写儿童文学的老手了。

这里必须谈谈海外的女作家。在美国的於梨华,七十年代初曾来看过我。

聂华苓呢?有一年我到华侨大厦去看回国来的凌淑华时,曾看望过她一家。这些在国外的作家,她们的作品都充满了对故土和人民的眷恋和关怀,使人十分感动。

此外还有在美国的年轻女作家,还有我的朋友的女儿刘年玲,笔名木令耆,她写小说;浦丽琳,笔名心笛,她写诗;她们都回过大陆。年玲在北大教过学,丽琳在我家住过一个夏天。

她们都和我自己的女儿一样。

以上的女作家,国内或海外的,都是我见过的。没有见过的而心仪已久的方令孺、陈学昭、刘真、陈敬容、航鹰、程乃珊、王小鹰……；在海外的陈若曦、李黎等，我一时想不完全了！

女作家里还有几位女记者，最早见到的是凤子，以后有彭子岗，戈扬……我们之间的友谊，以后有时间另说吧！

我认为中国女作家的"才"，并不在男作家之下，她们也是淋漓尽致地写出自己对家庭、社会、国家、世界的独到的感想和见解。遗憾的是她们的作品大多数没有译成外国文字，应该让中国的女作家们冲出亚洲，走向世界！

观舞记
——献给印度舞蹈家卡拉玛姐妹

我应当怎样地来形容印度卡拉玛姐妹的舞蹈？

假如我是个诗人，我就要写出一首长诗，来描绘她们的变幻多姿的旋舞。

假如我是个画家，我就要用各种的彩色，渲点出她们的清扬的眉宇，和绚丽的服装。

假如我是个作曲家，我就要用音符来传达出她们轻捷的舞步，和细响的铃声。

假如我是个雕刻家，我就要在玉石上模拟出她们的充满了活力的苗条灵动的身形。

然而我什么都不是！我只能用我自己贫乏的文字，来描写这惊人的舞蹈艺术。

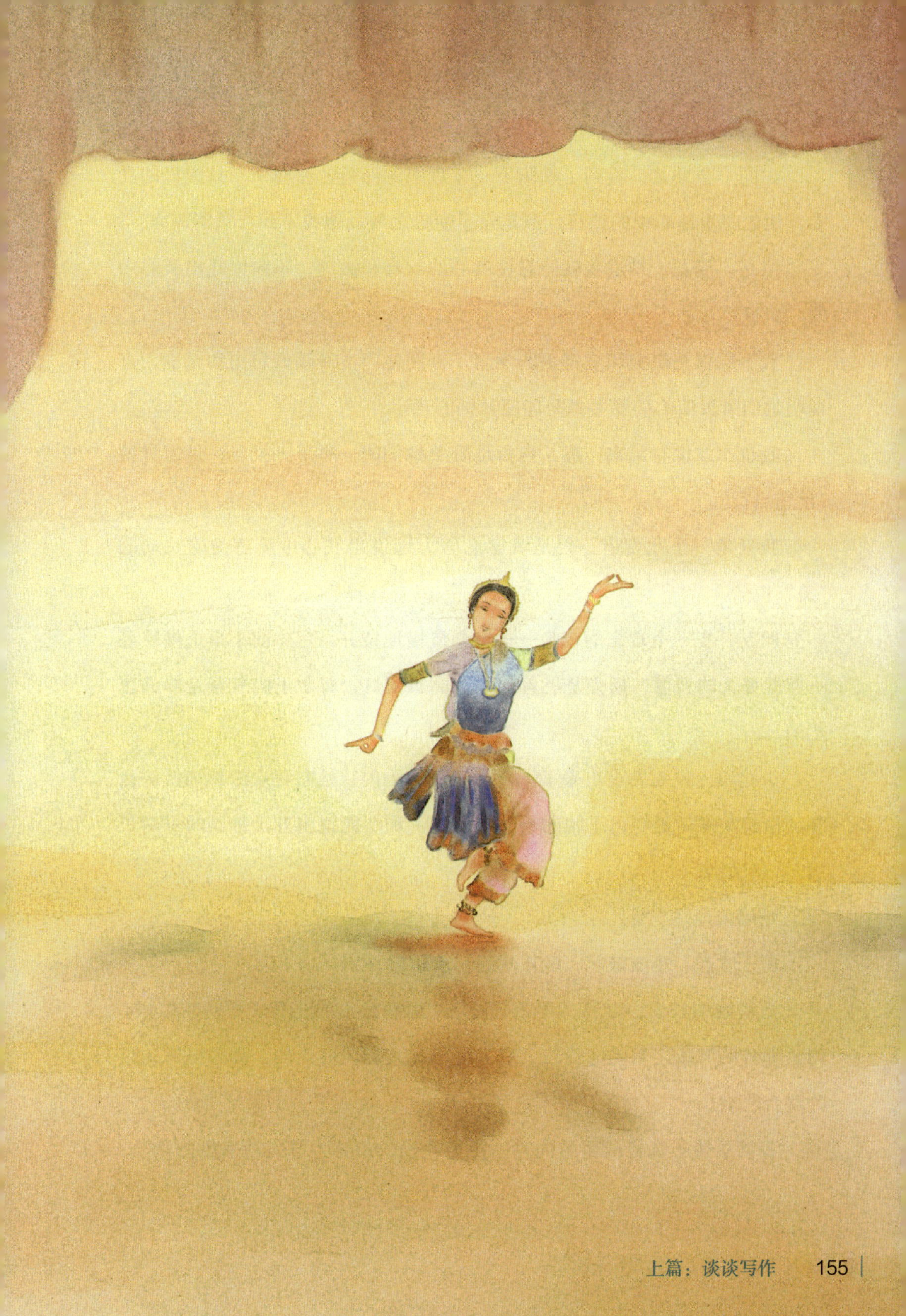

如同一个婴儿,看到了朝阳下一朵耀眼的红莲,深林中一只旋舞的孔雀,他想叫出他心中的惊喜,但是除了咿呀之外,他找不到合适的语言!

但是,朋友,难道我就能忍住满心的欢喜和激动,不向你吐出我心中的"咿呀"?

我不敢冒充研究印度舞蹈的学者,来阐述印度舞蹈的历史和派别,来说明她们所表演的婆罗多舞是印度舞蹈的正宗。

我也不敢像舞蹈家一般,内行地赞美她们的一举手一投足,是怎样地"出色当行"。

我只是一个欣赏者,但是我愿意努力地说出我心中所感受的飞动的"美"!

朋友,在一个难忘的夜晚——帘幕慢慢地拉开,台中间小桌上供养着一尊湿婆天的舞像,两旁是燃着的两盏高脚铜灯,舞台上的气氛是静穆庄严的。

卡拉玛·拉克希曼出来了。真是光艳的一闪!她向观众深深地低头合掌,抬起头来,她亮出了她的秀丽的面庞,和那能说出万千种话的一对长眉,一双眼睛。

她端凝地站立着。

笛子吹起,小鼓敲起,歌声唱起,卡拉玛开始舞蹈了。

她用她的长眉、妙目、手指、腰肢;用她髻上的花朵,腰间的褶裙;用她细碎的舞步,繁响的铃声,轻云般慢移,旋风般疾转,舞蹈出诗句里的离合悲欢。

我们虽然不晓得故事的内容,但是我们的情感,却能随着她的动作,起了共鸣！我们看她忽而双眉颦蹙，表现出无限的哀愁，忽而笑颊粲然，表现出无边的喜乐；忽而侧身垂睫表现出低回宛转的娇羞；忽而张目嗔视，表现出叱咤风云的盛怒；忽而轻柔地点额抚臂，画眼描眉，表演着细腻妥帖的梳妆；忽而挺身屹立，按箭引弓，使人几乎听得见铮铮的弦响！像湿婆天一样，在舞蹈的狂欢中，她忘怀了观众，也忘怀了自己。她只顾使出浑身解数，用她灵活熟练的四肢五官，来讲说着印度古代的优美的诗歌故事！

　　一段一段的舞蹈表演过（小妹妹拉达，有时单独舞蹈，有时和姐姐配合，她是一只雏凤！形容尚小而工夫已深，将来的成就也是不可限量的），我们发现她们不但是表现神和人，就是草木禽兽，如莲花的花开瓣颤，小鹿的疾走惊跃，孔雀的高视阔步，都能形容尽致，尽态极妍！最精彩的是"蛇舞"，颈的轻摇，肩的微颤：一阵一阵的柔韧的蠕动，从右手的指尖，一直传到左手的指尖！我实在描写不出，只能借用白居易的两句诗"珠缨炫转星宿摇，花鈿斗薮龙蛇动"来包括了。

　　看了卡拉玛姐妹的舞蹈，使人深深地体会到印度的优美悠久的文化艺术：舞蹈、音乐、雕刻、图画……都如同一条条的大榕树上的树枝，枝枝下垂，入地生根。这许多树枝在大地里面，息息相通，吸收着大地母亲给予它的食粮的供养，而这大地就是有着悠久历史的印度的广大人民群众。

　　卡拉玛和拉达还只是这棵大榕树上的两条柔枝。虽然卡拉玛以她的二十二年华，已过了十七年的舞台生活；十二岁的拉达也已经有了四年的演出经验，但是我们知道印度的伟大的大地母亲，还会不断地给她们以滋润培养的。

最使人惆怅的是她们刚显示给中国人民以她们"游龙"般的舞姿，因着她们祖国广大人民的需求，她们又将在两三天内"惊鸿"般地飞了回去！

北京的早春，找不到像她们的南印故乡那样的丰满芬芳的花朵，我们只能学她们的伟大诗人泰戈尔的充满诗意的说法：让我们将我们一颗颗的赞叹感谢的心，像一朵朵的红花似的穿成花串，献给她们挂在胸前，带回到印度人民那里去，感谢他们的友谊和热情，感谢他们把拉克希曼姐妹暂时送来的盛意！

1—39

北京的声音

《北京日报》文化生活组，约大家写《北京的一天》，这题目，很难写。

难处在"北京"可写的"一天"太多了！在北京住过几十年的人，中间经过多少震天撼地、惊心动魄的日子；尤其是在解放后的北京，作为新中国的心脏，它推动着全中国的脉搏，在这几万几千天里，每天都有史无前例的，可歌可写的事情发生，真不知说哪一天、哪一件事才突出、才新鲜。

但是若从"小处下手"，倒有些很动人心弦的，像火花一般，印象鲜明的小事，永远在你的记忆里，闪闪发光。

那是我刚从国外回来的一个冬天的清早，外面下着大雪。

这雪大概是半夜下起的，窗上雪光照眼，对面屋瓦上已经积上两三寸厚的、绒绒的雪沟了。

院子里有簌簌的声音，那是我的小女儿在用大竹帚扫雪。

她离开北京的时候，还不到一周岁，北京的一切，对于她都是新鲜的。她也从来没有看见过大雪，我猜扫雪的一定是她。

果然，隔着窗帘，听见炊事员从厨房里出来，对她笑说："你起来啦，穿这点衣服，也不怕冻着！好吧，我买菜去了，回头街道上有来喊扫雪的，你就扫去吧，痛快地过一下瘾！"

小妹笑着答应了。接着听见开门的声音，他走了。

过不一会儿，就听见达——达——达，门环响了几声，小妹满含着欢喜的声音问："听见啦！是扫雪吧？"这时外面一个极其清脆，极其亲切，极其礼貌的声音叫："是呀，劳您驾！"

我本是站在床前的，在这清磬般游漾的声浪里，忽然不自主地在床边坐下了。

久违了！这典型的，清脆，亲切，礼貌的北京的声音！

这声音给了我以无限的感激与温暖！

这是我从童年起，在北京街头巷尾所常常听到，而在任何别的地方所听不到的，这种清脆的声音，这般亲切的语气！

如今，就是这熟悉的、清脆亲切的声音，在新中国的首都，逐家逐户，唤出人人，为人人服务！

就在这一瞬间，这一个声音里，我深深地投入祖国的怀抱，北京的怀抱里了！

中国文学的背景今天我能够到贵校来跟诸位讲话，觉得非常的荣幸。东京大学是日本的第一大学，在这大学里，女人来讲演的机会，恐怕是很少的。所以我这一次得有机会在这儿讲演，觉得非常的高兴。尤其是有仓石武四郎先生给我翻译。这位仓石先生，诸位已经都知道的，是很有名的一位教授，对于中国文学有很深的研究。请他来当翻译，我真是感谢不尽。

本来各国的文学都有它固有的面目，如同各国人的体格容貌都不一样。譬如西洋人的头发是黄的，眼睛是蓝的。东洋人的头发是黑的，眼睛也是黑的，都不一样。同是一个东洋人，中国人和日本人还是不同，只是中国人和日本人的不同，在外表上很不容易看出来。每一个国家的国民，都有它特别的遗传和环境。所以自然就有了他的国民性，由这一点来讲，假使不能理解一国的国民性，就很难欣赏一国的文学。

现在我手里没有什么书，不能参看中国学者研究中国国民性的书。所以只好照着我自己的主观的观点，说一点关于中国的国民性的几个问题。

我小的时候去过北京天坛，那时候我就随便参观一下，也没有去听先生的说明。在模糊的印象里我只知道天坛的伟大庄严。回来以后朋友们问我"天坛顶棚上有三百六十个框子你看见了么？"原来那三百六十个框象征一年的三百六十天，每一个框里画着不同的云彩，就由这些云彩可以看到一年的天时的变化。可是我事先不知道，所以一点也没理会。我很后悔，但以后就没有机会再去细看。假设那时我能静听先生的说明，我就可以得到很清楚的印象，想起来非常的可惜。对于一国的文学的欣赏，也是如此。假如我们在欣赏某一国的文学之先，能略为知道那一个国家的背景，那欣赏的程度，就会更深刻一些。今天我要说的，也不过是这样意思。

1/40

漫谈《小橘灯》的写作经过

《小橘灯》是我在一九五七年一月十九日为《中国少年报》写的一篇短文。那时正是春节将届，所以我在这篇短文的开头和结尾都提到春节，也讲到春节期间常见到的"灯"。

文章的中心事实，就是后面从"我的朋友"口中说出的——"去年山下医学院里，有几个学生，被当作共产党抓走了，以后王春林也失踪了，据说他常替那些学生送信。"

故事就用了重庆郊外的歌乐山作为背景。抗战期间，我在那里住过四年多。歌乐山下，有一所医学院，我认识这学院里的几位老师和学生。上山不远有一些平地，叫做莲花池，池旁有一个乡公所，楼上有公用电话，门外摆有一块卖水果、花生、杂糖的摊子，来往的大小车子，也常停在那里。

这故事里上场的只有三个人，我和那个小姑娘还有"我的朋友"。我

上篇：谈谈写作

把"我的朋友"的住处,安放在乡公所的楼上,因为我去拜访这位朋友,而她又不在,由此我才有和那个小姑娘谈话的机会,知道了她父亲的名字和她的住处。

这个小姑娘是故事中的中心人物,她的父亲是位地下党员,因为党组织受到破坏而离开了家,她的母亲受到追踪的特务的殴打而吐了血。在这场事变里,这个小姑娘是镇定、勇敢、乐观的。这一场,我描写了她的行动:比如上山打电话、请大夫、做小橘灯,写了她对我的谈话:"不久,我爸爸一定会回来的,那时我妈妈就会好了。"这"一定"两个字表示了她的坚强的信念,然后她用手臂挥舞出一个大圆圈,最后握住我的手,说那时"我们大家也都好了!"也就是说:不久,全国一定会得到解放。

"我的朋友"是个虚构的人物,因为我只取了这故事的中间一小段,所以我只"在一个春节前一天的下午"去看了这位朋友,而在"当夜,我就离开那山村",我可以"不闻不问"这故事的前因后果,而只用最简朴的、便于儿童接受的文字,来描述在这一个和当时重庆政治环境、气候,同样黑暗阴沉的下午到黑夜的一件偶然遇到的事,而一切的黑暗阴沉只为了烘托那一盏小小的"朦胧的橘红的光",怎样冲破了阴沉和黑暗,使我感到"眼前有无限光明"。

这件事发生在一九四五年的春节前夕,是我写这篇短文十二年前的事了,所以我又用"十二年过去了,那小姑娘的爸爸一定早回来了,她妈妈也一定好了吧?因为现在我们'大家'都'好'了!"来收尾,说明这小姑娘的乐观和信念,在十二年之后,早已得到了证实。

一九七九年三月十二日 晨

下篇 聊聊读书

2-01

怎样欣赏中国文学

现在我就说一说中国的国民性。中国国民性的特色,第一是爱好和平。本来世界上不能说有一个国家,是爱好战争的。但有一天有一位外国朋友问我,为什么中国的诗歌里很少有歌颂战争的诗?果然中国诗里关于歌颂战争的诗很少。不但是夸奖武功的诗少,而且厌恶战争怨恨战争的诗很多很多,这可算是一个特色。当然,夸奖武功的诗,并不是一首也没有的。这些诗大半都是"应诏""应制",在天子命令之下写出来的。譬如一个将军的凯旋,天子就命令文臣,作赞美他的武功的诗。

这些诗多半都不流传于世。原来中国人一贯的哲学,是重文轻武的。就是文德比武德重的意思。而且一贯地反对中国,带来的侵略战争。本来中国人对于"武"有这样解释,"止戈为武""武"字是由"止"和"戈"字出来的。停止干戈就是武德。现在只就我手边的书里来举几个例子。

比方有一句诗"一将功成万骨枯"。

为了一个将军的成功，晒干了一万多兵士的骨殖，战争就是达到一个军阀的欲望，而不顾大多数人民的幸福。

《左传》里头有几句"民亦劳止，汔可小康，惠此中国，以绥四方。"

这是说人民已受了战争很大的痛苦，应该想法子给他们以安定的生活，不但是中国国内得到恩惠，而周围四国，也可以安定的意思。还有《国语》里面，国王要征伐犬戎，祭父劝国王说："先王耀德不观兵。"

就是说古代的伟大的国王，都是炫耀他的文德，不夸张他的武力。

六朝梁时代，有个"鼓角横吹曲"又叫"马上乐"。是在军队里唱的音乐，这好像应该是鼓舞战争的歌，但其实不然。

比方在"紫骝马"里有"十五从军征，八十始得归……"

这歌相当的长，所以特举这一段，意思是十五岁的时候就参加战争，一直到八十岁才能回来。回家一看，家人一个也没有了，房子也烧了，院子里只剩一点青菜，把那青菜摘来，一边流泪一边吃。还有一首"马上乐"，"企喻歌"。这首头几句是述说勇壮的战争情形，可是后几句是很悲惨的。

比方"男儿可怜虫，出门怀死忧，尸丧狭谷中，白骨无人收"。

男人是可怜的，一出家从军就有死的危险，他的尸首横躺在狭谷里，白骨也没有人来收埋。六朝时代鲍照作了一个歌，叫：《行路难》，一共十八首，其十六首有一段"君不见少壮从军去，白首流离不得归"。

年轻的时代去从军，可是一辈子回不来家的意思。

还有陈琳作的一首诗，叫《饮马长城窟行》。这陈琳是很有名的一个文人，魏武帝曹操读他的文章治好了头痛！

那歌里有"生男慎莫举，生女哺用脯，君不见长城下，死人骸骨相撑柱"。

就是说，生下一个男孩子最好不要养活，生下一个女孩子却要给她肉吃。因为男人必要去当兵，战死在长城下。中国的万里长城我想诸位都知道的。是一个很艰巨的工程，有个西洋的天文学者说："从月亮里看见地球，可能看到的，只有一条万里长城。"可是中国诗人说到长城，并不都是赞美！

比如，"孟姜女哭长城"就是中国最有名的故事。

底下我要说几个文人在军队里作的诗。

举个例子说，李益作了一言《从军北征》："天山雪后北风寒，横笛偏吹行路难，碛里征人三十万，一时回首月中看。"

天山里下着雪，很冷的北风吹来了，在那时候听见有人用横笛吹"行路难"的曲。三十万的兵士，在沙漠上都回首怅望他们的故乡。横笛是横着吹的，不像箫竖着吹的——在这歌里，一点也没提到自己军队所立的功，而反倒描写兵士想家的情绪。

最有意思的是《夜上受降城闻笛》这一篇。

它说："回乐峰前沙似雪，受降城外月如霜，不知何处吹芦管，一夜征人尽望乡。"

受降城是战胜的时候，受敌国投降的地方。实在应该是一个愉快骄傲的地方。但诗人感想并不如此！回乐峰前的砂子像雪一般的白，受降城外，月亮霜一般的皎洁，在那时候不知何处传来笛子的声音，军人就都想望起故乡来。在战场上的军人都想家，这是哪一国都一样的。所不同的，有的肯说出来，有的不肯说出而已。世界上其他的国家，多半为了羞耻，不肯述说，但是中国人是很坦白天真的述说人情。

又如李华的《吊古战场文》，他说："秦汉而还，多事四夷。中州耗斁，无世无之。古称戎夏，不抗王师。文教失宣，臣用奇。奇兵有异于仁义，王道迂阔而莫为……"

这是很长的一篇文章，头几句描写古战场的风景，述说各种的悲惨的光景与情绪。中间这一段是最要紧的。秦汉以后，侵略四方的国，因此国内财政紊乱，人民也减少，这样情形，哪个时期都有的……文教失宣，武臣用奇，奇是"奇袭"的"奇"，这奇是与仁义不同的。

最后一段："汉击匈奴，虽得阴山，枕骸遍野，功不补患。苍苍蒸民，谁无父母？提携捧负，畏其不寿。谁无兄弟？如足如手。谁无夫妇？如宾如友。生也何恩？杀之何咎？……时邪命邪？从古如斯！为之奈何？守在四夷。"

汉国攻击匈奴，虽然占领了阴山，可是尸首堆在战场上面，祸害比功绩多得多。——苍苍是头发黑的意思——人民没有一个没有父母，父母生了孩子都抚抱着，怕他不能长大。

哪一个人没有如同手足的兄弟，哪一个人没有像朋友的夫妇？

活着的人，国家对他有何恩惠？死了的人，又何尝是他们自己的过失？最后一句说：时邪命邪，从古以来都是如此的。那么怎样来补救呢？除了坚守边境，互不侵犯以外，没有别的办法。

唐朝的白居易，有一首长歌，叫《新丰折臂翁》，这个歌还有"戒边功"的副题。

这折臂翁是年轻时代，为了躲避征兵，自己折断了自己的手腕，这样例子很多很多，不能一一提出。

底下就是举出自己做将军的人的例子，汉朝有一位有名的将军叫班超，班超投笔从戎，开发西域，封为定远侯。

三十年间，住在现在的新疆，在他上奏天子的表文里（他的妹妹班昭替他写的），有一句"不愿封为万户侯，但愿生入玉门关"。

这玉门关是从新疆入甘肃的关门，他说自己并不愿意封侯，只愿在活着的时候能回入玉门关。

范仲淹是北宋时代的有名的人物，他有一首词叫"渔家傲"，下半阕是"浊酒一杯家万里，燕然未勒归无计，羌管悠悠霜满地，人不寐，将军白发征夫泪"。

意思是：离开家万里那么远，虽能喝一杯浊酒，可是还没有把自己的名字刻在燕然山上。——燕然是山名，古时候出战的将军，为了纪念自己的武功，在山上的石碑上，刻上自己名字——愿意回家也回不去，在那时候听见了笛声，严霜满地，人不能睡，将军头发已经变白了，军人也都流泪，描写都厌倦战争的情形。

爱好和平并不是彻底的反对战争的。从宋朝一直到现在，反对战争的诗有的是，可是那战争是侵略的战争。换一句话说，中国文人都反对侵略战争的。可是等到敌国一侵略中国。

危险临到中国人民的头上，文人对于战争的论调就完全改变。

比方说，南宋的陆游，又叫陆放翁。梁启超称他说："千古男子一放翁"，是一个很有名的诗人。在他的诗里头就能找出战争的快乐，他有一首长歌行："国仇未报壮士老，匣中宝剑夜有声。"

这首诗很长很长，只举两句。还没有报得国仇，可是我已经老了，匣中的宝剑也为了愤激，到了夜间就发出声音来。

还有《夜泊水村》诗里："老子犹堪绝大漠，诸君何至泣新亭，一身报国有万死，两鬓向人无再青……"

这是中间的几句，意思是自己已经这样老了，可是还有横渡沙漠的意气。年少诸君何至于在新亭这么痛哭呢？把一身贡献给国家，死一万次也不怕，可是不幸鬓发不能再黑了。

陆放翁最后作的一首诗，就是他临死之前所作的《示儿》。这是很有名的诗："死去元知万事空，但悲不见九州同。王师北定中原日，家祭无忘告乃翁。"

他说死了以后什么都是空虚了。只有一个遗憾是不能亲眼看国家的光复。假设我们军队往北反攻，平定中原的时候，家祭时一定不要忘记报告我一声。

底下就说到元明清时代，元朝也有各种例子，不过我手里现在没有什么书，今天不能举例。

到了清末，康有为作了《中国歌》，梁启超作了《二十世纪太平洋歌》。这些都是很长的，不能写出来。此外同盟会以及其他的人，作了好多好多爱国的诗。清末以来中国日日在国难之中，从东从西受到许多压迫，结果大大地唤起了中华民族的自觉。今天只举最近一首歌，为结束。就是聂耳的《义勇军进行曲》，拿白话写的。聂耳是云南人，日本留学生，死在日本，所以诸位里也许会有知道他的。他说："起来，不愿做奴隶的人们，把我们的血肉筑成我们新的长城，中华民族到了最危险的时候，每个人被迫着发出最后的吼声……"

从前的长城是拿砖筑成的,新的长城是拿我们的血和肉来筑成的。中华民族现在到了最危险的时机,所有的人民都受压迫,现在真是到了发出吼声的时候。"迫着"是不得已,这一点很有意思。

唐朝李白的诗里有一句"乃知兵者是凶器,圣人不得已而用之"。

"战争"是不好的工具,不过在不得已的时候,在自己捍卫、抵抗外侮的时候,是必须用的,换言之,中国人民遇到国家的危险,逼而不得已的时候,绝不是不抵抗主义的!

底下就是中国的国民性偏重伦理的思想。有一位印度的朋友问我:"为什么中国的诗里写到男女之情的很少呢?"这话若由西洋人说出,倒没有什么稀奇。可是由一位东洋人发问,不免有一点惊讶。所以我开始反省。中国诗里男女的情诗很少。至少是比外国的诗少得多,但是在伦理思想,还没有浸到民间的那时代,男女的情诗,相当的多,最好的例子是《诗经》的头一首:"关关雎鸠,在河之洲,窈窕淑女,君子好逑。"

如同雎鸠在河之洲,美丽的淑女是君子最好的伴侣。求她不得的时候,烦恼得夜里也睡不着,是这样整个儿一个很好的情诗。《诗经》以后情诗少了。尤其是中国说"七岁男女不同席",男女的交际是不公开的。所以中国的男女,不会交异性的朋友。所以中国人情诗的人物都限于中表亲戚之间的。因为他们之间,会有见面的时候的。不然就是歌妓之间。

这一类诗,不好作题目,所以大抵都叫"无题",或叫"纪事"的。可是中国诗里写到亲子之爱的就很多很多。从古有名的《木兰辞》《游子吟》各位都知道的。

《游子吟》有"慈母手中线,游子身上衣"。

母亲亲自所密缝的衣裳,被珍重地穿在远方的游子的身上,写出十分细缜的情感。

此外,写到兄弟之爱的诗文也多。

杜甫的诗:"海内风尘诸弟隔,天涯涕泪一身遥。"

国家战乱,兄弟离散,天涯孤独,常常流泪。这首诗我也在抗战中常常想起。因为我有过这样的经验。我那位印度朋友也说中国男女的情诗少,可是写到朋友之爱的诗很多。实在中国的诗里,"忆友""送友"的诗太多了。李白,杜甫,都是有名的诗人,同时两人也是很好的朋友。

杜甫有《梦李白》的诗:"死别已吞声,生别常恻恻……千秋万岁名,寂寞身后事。"

他说对于"死别"流泪,对于"生别"更常伤心。虽然李白名传千古,可是死后很寂寞的。又如白乐天有两千八百首诗,其中一千五百首是关于朋友的。此外就是夫妇之爱的情诗,这一类的诗也相当的多。中国古代的习惯,男女未婚以前不能见面,所以结婚以后,才慢慢发生爱情。这是日本从前也一样的吧?

关于这类的有名的有古乐府的《陌上桑》,作者不详,"罗敷前致词,使君一何愚,使君自有妇,罗敷自有夫"。

有一个美女叫罗敷,在道旁采桑,这时有很阔绰的官人,过来看她,派人去问她姓名,年岁,劝她跟他一块儿走,罗敷答着说,做官的,你是多么笨的人呢!你自有太太,罗敷我也有丈夫。以下还说我的丈夫是这样这样好,人家都夸他,这一类话。

下篇:聊聊读书　173

古乐府里还有《羽林郎》，是说一个在贵族家做事的冯子都，有一天和一个十五岁的胡姬促膝谈心。那女人说："男儿爱后妇，女子重前夫……寄语金吾子，私爱徒区区。"就是男人爱后来的年轻的妇人，可是妇人都看重前夫。

还有一首特别有意思的是唐朝的张籍之《节妇吟》："君知妾有夫，赠妾双明珠，感君缠绵意，系在红罗襦，妾家高楼连苑起，良人执戟明光里，知君用心如日月，事夫誓拟同生死，还君明珠双泪垂，恨不相逢未嫁时。"

她说是：你明知我有丈夫，而送我两粒珍珠。我感谢你的好意，而系在我红裙上，可是我家的高楼连着内苑，我的丈夫在明光宫做侍卫，我知道你的心思是光明正大，不过我和丈夫是誓同生死。我决定还你两粒珍珠，可是我眼泪流了下来，为什么在未嫁之前，没有遇着你呢？

又如汉乐府里有一首五言诗叫《自君之出矣》。这首诗以"自从君子出去以后"开始，以下述说夫妇间的离情。这诗以后就成为一种体裁，如同"闺怨"之类，都是夫妇离别的抒情诗，所谓"离人思妇"，就是离开家的人，和相思的妻子的。比方苏武的离别的诗："结发为夫妻，恩爱两不疑，生当后来归，死当长相思。"

结发是小时候梳的辫子。就是从小的时候就做了夫妻，两人的感情是非常甜蜜……所以活着一定要回来，死了仍要永远的相思。

还有一首叙事长诗《孔雀东南飞》，也是夫妇之爱的。唐朝的元稹，有悼亡诗，是哀悼死去的妻子。悼亡诗在中国很多很多（从略）。

第三，农业社会的影响。在中国，大多数的人们，都以农家生活为最高的理想。比方文人做官，武人出征，而老来总以"归田"为结束，所谓之"挂冠归田""解甲归田"。冠就是做官戴的官帽。文人脱了官帽，就归田隐居，武人解了甲胄，也回到农田。所以每一个时代的文学里，都有厌倦政治，思归田野的情绪。最有名的是陶潜的《归去来辞》："归去来兮，田园将芜，胡不归……"

他说，回去吧！田园已将荒芜，为何不回去呢？

还有王维，范成大等许多田园的作品。

文人与农民生活之间，有很深的关系。怎么也离不开的。因着农民聚族而处的生活习惯，中国人就不喜远行，尤其是当兵到远方去，是更不喜欢的。由这一点发生闺怨，或者从军的烦恼的诗歌。再说文人多半是农村的出身，所以农民的苦恼，他们十二分的了解。他们发出呼声，反对不良的政治，反对纳税之重，反对兵役之苦。

第四，中国人是非宗教的民族。非宗教并不是反对宗教。

中国没有国教，没有以神道来设教。

从古天子所祭的是"天"。圣人大人都畏惧天。在古典里所谓的天，并没有偶像，完全是空空洞洞的抽象的东西。孔子也说："获罪于天，无所祷也。"就是说，得罪了天，没法子去祈祷。孔子所说的天，并不是其他宗教所谓之天堂。孔子又说："未知生，焉知死。"所以孔教不是宗教。宗教本来有两个条件，一个是崇拜偶像，另一个是相信来生。在儒教里这两个条件都没有。中国宗教是后来输入的外来的宗教。不过这些都流行于中下级社会的。

士大夫阶级则往往反对外来的宗教。天子的提倡也没有发生太大的影响。

唐朝韩愈的《谏迎佛骨表》，就是谏天子迎接佛骨的文章。他的《原道》里有句"人其人，火其书，庐其居"。

他说僧与尼都要还俗，把佛教的经都要烧，佛教的寺都要改为民家。以后天主教，基督教进到中国，人们不说"信教"都说"吃教"。"吃教"是有人以靠宗教来吃饭的意思。因此士大夫的家庭，信教的仍比较的少。总之凡是外来宗教对于士大夫的影响很少。但是像韩愈那样严格的主张，也并不多，普通的士人，却有很宽大的态度，有一个家庭里的人们信仰好几个宗教。彼此不会冲突，也不会发生太严重的问题，这种现象在西洋是绝不会有的。汉魏六朝的文人，积极跟和尚来往的不少。文人喜欢和尚的"机锋"，"禅语"，有超脱之趣。

有两句诗"壮士晚来宜学道，文人老去例逃禅"。

军人到了晚年也都学道，文人也到老都逃了禅，都是到了失意穷途，以宗教自解，而不是积极的信奉。中国文人又喜欢旅行参观庙寺。有一句诗"天下名山僧侣多"。在名山都有好的寺庙，有僧人在那里修行。所以国内的名山多被僧人占领。文人也常常地到那里去游玩，是对于山水的欣赏而不是对宗教的热心。就我自己的观察来说，现在中国一般人参拜神佛的并不算多，除了老人乡愚之外。中国人是"非宗教"的，这是到过中国的人都能感觉到的。

第五，中国是个人主义的民族。对于任何事物，中国人不认为神圣不可侵犯。这是西洋人也以为很奇怪的。中国没有自有的宗教。中国三十年以前，是帝制的国家，但是中国历朝皇帝的地位与日本的天皇大不相同，中国的革命也是三千年以前已有的。在中国，皇帝的地位，并没有保证。

比方《易经》有一句"天地革而四时成，汤武革命，顺乎天而应乎人，革其王命，改其恶俗"。

就是说，天地改变而有春夏秋冬，殷汤王、周武王革命而灭夏桀，殷纣，这是听于天命，应乎人民的希望。中国古来的天子尧舜都不是世袭，让位于贤。后来虽然改为世袭，但若天子不胜任，人民随时可以革命。《易经》，至少是两千五百年以前的书，可见从那时候已经有了这样的政治思想。从那时以后隔数百年，或隔几十年，甚至于几年，每逢政治不良，就有革命。

孟子说："民为贵，社稷次之，君为轻。"人民是最重要的。

孟子又说："君之视臣如土芥，则臣视君如寇仇。"

若是天子把人民当作草芥而蹂躏的时候，人民就可以把天子当作寇仇。君王爱护人民，是他的责任，能爱护的可以继续，不能的便当除掉。这并不只是文人的想法，而是一般人民的思想。就是说，帝位不是固定的属于某一种人，而是人人都有希望。

比方说，汉高祖年轻的时候，看见秦始皇的巡幸的车盖，他心里很羡慕，他说："彼可取而代也。"

还有蜀国的刘备小的时候，家里有一棵桑树，很像一顶车盖，他说："我为天子，当乘此车盖。"

为什么这么小的孩子，都能说这样的话呢？就是中国人的思想是无论什么人都有当天子的可能性，所谓之："交椅轮流坐，明年是我尊。"

在中国还有一句"王侯将相，宁有种乎"。

在某一个朝廷灭亡的时候，那朝天子所封给王侯的封地，都要失掉，一班新兴的阶级，又代之而起。从这一点看，可以说，中国是在东亚唯一没有阶级的国家，因此中国也没有长子承袭的制度。一家的财产，多是平均分配，所以豪门巨阀也就很少。这样在中国虽是帝王公侯，也没有神圣不可犯的。历代被崇拜的只有一个人，就是孔子。就是孔子也在新文化运动初起的时候，被胡适先生所提倡的"打倒孔家店"而减少了尊严性。所以在中国可说是没有一个神圣而不可侵犯的东西。若是有的话就是"个人"。

中国有一句"士可杀，不可辱"。

"士"，是代表一个自知自尊的个人，富贵不能淫，贫贱不能移，威武不能屈的。这样思想看得非常重。

比如说"三军可夺帅也，匹夫不可夺志也"。

在三军之中，可以用武力夺去他的主帅，但是个人的"志"是不可夺的。

战国时代还有一个唐雎劝告秦王，秦王十分生气，恐吓他说："天子之怒，伏尸百万，流血千里。"

唐雎毫不恐惧地说："士之怒，伏尸二人，流血五步，天下缟素。"

秦王马上就屈服了，在唐雎面前跪下说："先生请坐，我醒悟了。"

还有战国时颜斶见齐王，齐王说："颜斶，你到前面来！"

颜斶说："齐王，你到前面来！"

终久还是齐王被说服了。在中国，"士"与天子是平等的，可以当朋友。

比方后汉的光武帝同严光是很好的朋友。光武做了天子以后，劝严光到朝廷来做事，严光不肯，有一天他们两人睡在一张床上。严光仍是很不在乎地把脚放在天子腹上。

次日钦天监奏告说："客星犯帝座甚急。"

光武帝笑说："那没有什么，只是我的朋友严光，昨夜睡的时候，把脚放在我的肚子上。"

还有唐朝的李泌也跟皇帝做朋友，两个人骑马游玩。

人民远远看着指点说："黄衣者圣人，白衣者山人也。"

就是说穿黄衣的那个是天子，穿白衣的那个是山人，山人同圣人是平等的。

还有唐朝名将郭子仪，他的儿子，跟皇帝的公主结婚。

有一天小夫妻吵了起来。公主说："我的父亲是天子。"

那女婿说："我的父亲是不屑当天子的。"

原文是"女谓尔翁为天子耶，我翁薄天子而不为"。

郭子仪听见了很惶恐，立刻带他儿子到皇帝那儿去谢罪。

皇帝笑说："不痴不聋不作阿家翁，儿女闺房之言，何足算也。"

就是说：若不做呆子聋子就不能作一家之主，小夫妇吵闹的话，那何必介意呢？

这些都是小事，但从这些小事之中看出"皇家"同其他家庭一样，有盛有衰，不是神圣的，只有个人是至尊的，个人有了意见，都可以随便述说，所谓之"处士横议"，在《国策》里邹忌劝齐王说："群臣进谏，门庭若市。"

就是听从群臣随意进谏，天子的门前，可以如同闹市一般。

《国策》里还有召公劝厉王（因为厉王禁止人民干涉政治）说："防民之口甚于防川。"就是防人民之口，比防川水更为困难。凡是与天子有关系的，都有劝谏天子的权利与义务，就是人人对于政治设施，都可进言，这风气直到如今，虽受压迫，决不停止。

第六，中国的国民性是平衡、调和、中庸的。这可以从中国艺术上看了出来。中国国民性里，很少极左和极右，比方建筑，从日本人的眼光里看，一定以为是很单调。如同宫殿、庙宇等，冠冕堂皇的房子，正房朝南，左右两厢，门窗柱子，华表，石狮，都是一对一对的。屋内的装饰，如花瓶、钟鼎、对联、桌椅，也都是一对对的。在文学里，诗里，有"排律"，文里有"骈文"。明清还有"八股文"，也都是骈对起来的。固然像日本似的不平衡的建筑物也很多，但只限于花园里的亭台楼榭，在庭园里种树，垒石等都是自由的。一到了正式的建筑，都是平衡，对偶，没有歪斜偏狭的布置。

现在顺便谈一谈日本所没有的门联，很能代表普通一般国民的愿望，与屋主人的人格与理想，比如"忠厚传家久，诗书继世长""国恩家庆，人寿年丰"。

还有"三间东倒西歪屋，一个南腔北调人"。可见这主人是很不讲究，洒脱，而又旅行过许多地方的人。

还有"岂有文章惊海内，更无书札到公卿"。

可见那主人是一个傲慢的人。

我在日本参观过好几处庭园，在那亭阁石头上，没有一副对联，也没有题字，这使我很奇怪。但这也有好处，若题得不好，反煞了风景。不如"不着一字，尽得风流"。

最后的一个，第七，中国国民性很富于幽默，这幽默并不只是滑稽谐谑，不是狂笑，而是忍不住的微笑。幽默到底是什么？这是中外的名人常讨论的问题。定论是难得的。有人说英国人富于幽默。那就是说幽默的人常常嘲笑自己，能嘲笑自己的人，是一个旷达而不挂虑一切的人。

比方，自己身体有一点毛病，也作为一个幽默之材料。穷苦得使人家怜悯，但他自己却毫不在乎，反以此自嘲，做一个幽默之材料。

在中国，嘲笑自己，嘲笑自己的孩子的诗有的是，比方自己年老了，牙齿掉了，腿瘸了，穷了，贱了，自己的孩子痴愚，等等。都是很旷达地自己嘲笑着，这种特性能使人脑筋轻松，在危难穷苦之中，不太紧张，也不易倒塌。

谈到艺术上的"平衡""调和"，中国的音乐也是一样。

中国的音乐非常的单调平淡，好的音乐是没有的。我们也可以说东洋没有好的音乐。中国人以为"琴者禁也"，弹琴为的是禁止感情奔放，必须在一个安静的屋子里扫地焚香，慢慢地弹，所以绝不会有豪放、激烈的音乐。西洋的伟大的音乐家是衣冠不整，头发散乱，甚至于吐着血演奏。这样的音乐在中国人看来反以为不得性情之正。中国人太重平衡，平抑情感，那就不会创造出好音乐来的。

2-02

《奶奶，我爱你》读后

我看了黄世衡同志写的这一篇《奶奶，我爱你》，当时就觉得这篇小说写得很生动，也很深刻。这个小家庭里的人物，都在我面前站了起来！

审视之下，我觉得这里最不可爱、最不懂得做人的道理的，是宝珠的妈妈。她"在上学时候是好学生""是国家干部""局里上上下下都说好"。对丈夫和孩子都很关心，她"督促"孩子们的"学习"，她"做丈夫的所有衣服"。性格也很开朗，"见了谁都是有说有笑"的。但是，她的女儿、最爱奶奶的宝珠说："可她一吩咐奶奶做什么事，脸上就阴沉沉的了。"她对她的婆婆"从来没有好脸色、好声气"。当她和丈夫儿女一起出去游园的时候，她却吩咐老太太说"今天我们带孩子出去一整天，你把这一堆衣服和床单洗了吧。中午还有剩饭菜足够你一人吃"等等。她这样对待丈夫的母亲，称"你"又"吩咐"，这连起码的礼貌都没有了！难怪她的女儿会说她"不孝敬""刻薄""忘恩负义"。可惜这故事里没有宝珠的姥姥，不知她对自己的母亲是不是也这个样子？

宝珠的父亲也不是一个可爱的人。他若是像宝珠爱奶奶那样，爱他自己的母亲，他的妻子就不会"顽固""刻薄"到如此地步。他对他妻子对自己的母亲那样"没结没完的叨叨"从来也不敢吭声。他的妻子"说一不二"地叫他母亲住在冬天不生火炉的屋里，他也没有过问。难怪宝珠说："妈妈也太狠心了，爸爸也太忍让了。"

故事里的宝珠，是个很可爱的孩子。她爱妈妈，不但因为她和弟弟都是奶奶从小带大的，她看着奶奶"一天忙到晚照顾全家""没完没了地做活儿"，她感到不公平、不服气。

可她又不敢直说出来，就和弟弟——妈妈眼里的小祖宗、小天神——共同想方设法让奶奶"住北屋""吃鸡脚"。当妈妈要带她出去游园的时候，她却宁愿留下，陪奶奶洗衣服，还给奶奶煮鸡蛋，等等。都活画出她是个又正直、又灵活，又是个最懂得"感谢"的小女孩。

最可爱可敬的还是这位老奶奶了！她对于一切都是"逆来顺受"，让她住冷屋子，她没有言语。不让她吃鸡腿她就吃别的。她还劝说爱她的孙女宝珠，"你妈上着班，还要操心你们，够她忙活的了""你爸你妈都是好人，就养育你们两个，该着你们孝敬的"。当宝珠不平地说"我妈对您这样，我以后对她也这样"时，她就急了，说："你要这样，我明天就回乡下。"可见她乡下还有个家。她住在城里，只为的是照顾他儿子一家。她说："我没啥，看见全家大小和和美美，我就起心里高兴。"多么宽厚、无私、伟大的母性呵！那个躲在迎春花后、围着淡紫头巾偷听她们谈话的宝珠的

下篇：聊聊读书　　183

妈妈，听到她婆母从"一颗金子般的心"里说出来的话时，不知会有什么感想？！

我每天从窗户里都可以看见有些老太太们：提着菜篮的、抱着孩子的、晾着衣服尿布的，从周围的大楼里进进出出，忙碌得很。这就是些做奶奶的、做姥姥的、现在双职工的家庭里很重要的人物。当然一位老人能跟儿女们住在一起，可以互相依赖，互相照顾，老的小的都很快乐舒服，这是我们中国很好的传统和习惯，这在外国就不常见。但是我们中国也有一句谚语，就是"家家都有一本难念的经"。《奶奶，我爱你》的作者，就使我们看到宝珠这一家的难念的经。他通过一个小孩子的公正善良的看法，提醒我们，只有有了讲文明、有教养的、承上启下的做父母的一代，才能使一个三代同居的家庭，生活得和美而健康。

家庭是社会的细胞。如果每一个家庭都能过着尊老爱幼的"全家大小和和美美"的生活，那么，我们的社会就会健康起来，我们的国家也会强盛起来！

一九八三年六月八日

春节忆春联

中学时代，天天上学，从东北城的中剪子巷家里，走到灯市口的贝满女中，特别是春节——那时就是新年——前后，总会看到路边的店铺和人家门口贴的新春联。店铺门口的多是"生意兴隆通四海，财源茂盛达三江"。至于人家呢，多半是"忠厚传家久，诗书继世长"。不平凡的，就是"努力崇明德，随时爱景光"之类的了！

我最记得的是从南剪子巷南口到大佛寺的转折处，有一家有门洞的房子，大门两边挂着一对木板刻的对联：

学士清莲尚书红杏，
中郎绿绮太史黄庭。

我觉得这副对联对得十分工整。不但有四位名人文士的外号和官职,而且有这四位名人因而得名的事迹。我昨天还为弄清这几段故事,特意去查了《辞海》。"学士青莲"当然说的是唐朝的青莲居士李白了。"尚书红杏"指的是在宋朝因写了一句"红杏枝头春意闹"而出名的尚书宋祁。"中郎绿绮"是汉朝蔡邕中郎有一张焦尾琴(那时的琴也称绿绮)。"太史黄庭"是指的晋朝王羲之写的《大上黄庭内景经》。

这所房子在三十年代中我也曾进去过。因为那时曾是任叔永和陈衡哲先生夫妇的住宅。

我们到他们家做过客,房子有好几进,也很大。但这副对联是什么人写的,他们也不知道。

一九八五年二月十八日

由春联想到联句

也许是上学路上看到的,也许不是,我曾看到一个很破烂的人家门口的一副对联,是:

　　　　两间东倒西歪屋,
　　　　一个千锤百炼人。

不知里面住的是否是一位打铁的,但这副对联,就很不俗气了!
我还听到一位长辈对我的父亲谈到一副对联是:

　　　　岂有文章惊海内,
　　　　更无书札到公卿。

这位长辈认为它很有一股清高旷达之气。父亲没有说什么，我当然也不敢说什么，但我却认为他若真是一个清高旷达的人，绝不会把这两句话标榜在大门上的！

我倒是很喜欢这位前辈说的：当庚子年后，东交民巷被划为使馆区，一位在里面住的文人，在门口贴上一对春联，是：

望洋兴叹，
与鬼为邻。

这副联中不但标出洋鬼字样，也发泄了他的愤懑屈辱之气。

这两天我窗台上的水仙开得正好，有一枝五六朵的，甚至有八九朵的，那都是从福建来的同乡带来的——那是在作协开会期间，郭风、马宁、何为、许怀中等九位同志，其中有"万红丛中一点绿"，是我久仰初次见面的舒婷同志，她穿的是白地绿花一件毛衣，我拉她在我旁边坐下，可惜他们很忙，放下一大包的水仙花苞就走了，没有多谈。我把这些水仙，请人"挖"了，棵棵都开得很好。我一看是盛开的清香缭绕的水仙，就猛然想起一首咏水仙诗中的两句，是：

生意不需沾寸土，
通词直欲托微波。

由此又想到有咏牡丹诗中的两句，是：

得天独厚开盈尺，

与月同圆到十分。

但我觉得还不如这一对：

千里散春苏地脉，

万花低首避天人。

记得我曾用这两句诗题胡絜青同志画的牡丹。我对于牡丹不太熟悉，也不知道她怎会得花王之称。不过这两句诗很好，与"独立中流喧日夜，万山无语看焦山"有异曲同工之妙。有客来了，就此打住！

一九八五年二月二十七日 微雪之晨

2.05 话说"相思"

我在美国威尔斯利女子大学研究院读硕士学位时，论文的题目是《李清照词英译》。导师是研究院教授L夫人。我们约定每星期五下午到她家吃茶。事前我把《漱玉词》一首译成英文散文，然后她和我推敲着译成诗句。我们一边吃着茶点，一边谈笑，都觉得这种讨论是个享受。

有一次——时间大约是一九二五年岁暮吧——在谈诗中间，她忽然问我："你写过情诗没有？"我不好意思地说："我刚写了一首，题目叫作《相思》：披上裘儿，走出灯明人静的屋子。小径里冷月相窥，枯枝——在雪地上又纵横地写遍了相思！"

十二月十二日夜，一九二五我还把汉字"相思"两字写给她看，因为"相"字旁的"目"字和"思"字上面的"田"字，都是横平竖直的，所以雪地上的枯枝会构成"相思"两字。她笑了，说是"很有意思，若是用

下篇：聊聊读书

弯弯曲曲的英文字母，就写不出来了！"

她只笑着，却没有追问我写这首诗的背景。那时威大的舍监和同宿舍的同学，都从每天的来信里知道我有个"男朋友"了。那年暑假我同文藻在绮色佳大学补习法文时，还在谈着恋爱！十二月十二日夜我得到文藻一封充满着怀念之情的信，觉得在孤寂的宿舍屋里，念不下书了，我就披上大衣，走下楼去，想到图书馆人多的地方，不料在楼外的雪地上却看见满地上都写着"相思"两字！结果，我在图书馆里也没念成书，却写出了这一首诗。但除了对我的导师外，别的人都没有看过，包括文藻在内！

"相思"两字在中国，尤其在诗词里是常见的字眼。唐诗中的"情人怨遥夜，竟夕起相思""愿君多采撷，此物最相思"，唐代的李商隐无可奈何地说"直道相思了无益"，清代的梁任公先生却执拗地说"不因无益废相思"。此外还有写不完、道不尽的相思诗句，不但常用于情人朋友之间，还有用于讽刺时事的，这里就不提它了。

说到这里，我想起一段笑话：一九二六年，我回到母校燕京大学，教一年级国文课。这班里多是教务处特地编到我班里来的福建、广东的男女学生，为了教好他们的普通话，为了要他们学会"咬"准字音，我有时还特意找些"绕口令"，让他们学着念。有一次就挑了半阕词，记得是咏什么鸟的：

金埒远，玉塘稀，天空海阔几时归？相离只晓相思死，那识相思未死时！

这"相思死"和"未死时"几个字，十分拗口，那些学生们绕不过口来，只听见满堂的"嘶，嘶，嘶"和一片笑声！

不久，有一天一位女同事（我记得是生物系的助教江先群，她的未婚夫是李汝祺先生，也是清华的学生，比文藻高两班，那时他也在美国）悄悄地笑问我："听说你在班里尽教学生一些香艳的诗曲，是不是你自己也在想念海外的那个人了？"我想她指的一定是我教学生念的那两句有关"相思"的词句。我一边辩解着，却也不禁脸红起来。

一九八六年三月二十六日 晨

2—06

我很喜欢陈祖德这一家子
——喜读《超越自我》

前些日子,我在每天午休时间,收听并欣赏陈祖德的自传《超越自我》。这本自传的故事本身和演播员的雄浑的像讲自己的故事一样的亲切声音,都深深地吸引了我。

正在这时,祖德同志又送给我这本书。我爱不释手地看了两遍。我觉得这本书的作者,不但是个第一流的棋手,也是个第一流的作家!

真挚是创作的灵魂。祖德同志写这本书时,也许以为这本书将是他的绝笔了,他要趁他离开这个世界之前将他的事业、他的感谢、他的拼搏、他的爱憎和他的希望呕心沥血地倾吐出来,这一种神魂奔赴的挚诚,使得这一本《超越自我》,在我的眼中成了一本高出一般文学作品的杰作。

从这本书里,我认识了祖德自己和他周围的一切,也就是祖德之所以成为陈祖德的社会因素。

他出生在一个健康和谐的知识分子的家庭。他有爱护培育他的父母和姐姐——他的父亲教他下围棋,为他寻师访友。

他的母亲以老迈之身还一字一划地为他抄写书稿。他的姐姐对他的关怀更是无微不至，帮他择偶，促他上进。这个团结互助的家庭，造成了他的自尊、自信、自强和乐观奋进的人格。使他在无论什么环境，和什么样的人相处，特别是工人和农民，都会感到快乐，都能看出对方的优点。他爱憎分明，他不怕说出自己灵魂深处的眷恋和憎恶……围棋是他的生命，这围棋又是中国的国粹。他用国防前线战士一般的、誓死保卫祖国的精力，来对待国际棋赛。他不但自己竭力拼搏，也在尽力地培养自己的接班人。

这本书里警句很多，真是妙语如珠，表现了许多他在实践中的颖悟，如：

我们在下棋的同时，也在学做人。

一个棋手只有在赛场上才能焕发出生命力，才能取得胜利的欢乐。人生没有这样的欢乐，简直如死水一般。

真正的男子汉，往往在命运的低潮时，方显出英雄本色。

我们之所以要努力奋斗，不正是要极大地丰富我们的精神生活和物质生活吗？

每一次人生的关键时刻，每一次大大小小的抉择，其实都是一个能不能自我战胜、能不能超脱的过程。

一个干事业的人，就是在忘却自我中获得自我的。

一个人拼搏的过程，就是忘却自我、超过自我的过程。

人类正是在不断地发现自己的弱点缺点，从而不断地战胜自我、超越自我的过程中得以进步的。

他热爱祖国，他认为：让伊藤五段八战全胜，无论如何也是个耻辱。这不仅仅是围棋手的耻辱，而且是民族的耻辱，是国耻！我国是围棋的发源地，有着数千年的悠久历史。围棋早就被列入"琴、棋、书、画"四大

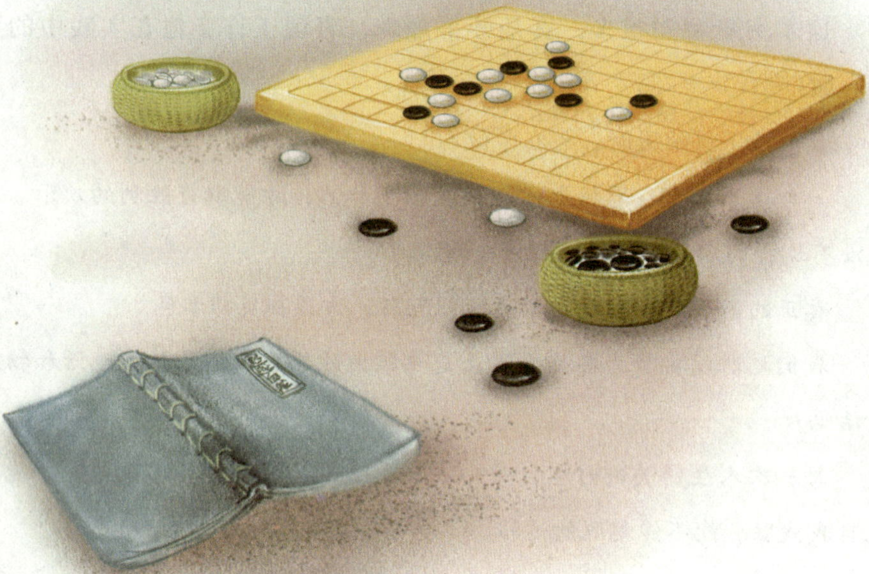

艺术之一，是中华民族的国技，是炎黄子孙的国粹。

因此他更加热爱自己的围棋事业。他在重病时刻，不能不殷切地挂念着他的接班人。他想："一个人能鼓励别人超过他，帮助别人超过他，这得有多高的境界。"

每个强者都有他的黄金时代。他的黄金时代越短，则事业的发展越快。

眼看后起之秀要跑到前面，同样需要超越自己，欢迎别人战胜自己。

这时，祖德已经达到了做人的最高境界，他已经超越了自己。这就是我对这位年轻朋友所最拜服的地方！

说起也有意思，我在他的一家人中，最先认识的是郑敏之，那位爽朗俊俏的乒乓球冠军。当我知道她和围棋冠军陈祖德结婚时，我觉得他们真是珠联璧合！在这本书里，祖德也欢快地写到他认准目标后是怎样地追求不舍，他们的婚后生活，又是怎样地互爱互助。祖德说：

相吸引，总有相同之点。

这又是一句真理！是的，磁石只吸引钢铁，而月亮也只吸引海潮。

此后，又通过一段文字因缘，我也认识了陈祖芬，又是一位很敏锐很可爱的报告文学作家。

总之，我很喜爱陈祖德这一家子！

令人遗憾的是，这样一本好书第一版只印行了几千册，许多人想看却在书店里买不到。

这样的杰作为什么不可以多印一些呢？

一九八六年七月二十一日

下篇：聊聊读书　197

2/07 谈巴金的《随想录》

袁鹰来信说:"巴金同志的《随想录》,有的同志推崇为当代散文的巅峰之作,我很同意这种评价……不知您有没有兴致和时间写一两千字……"

我不但有兴致,而且有愿望,但是时间就难说了!

我打开巴金送我的已出版的随想录第四卷《病中集》,在第一篇的《干扰》里就有这样的话:题目找我写自己的经历,谈自己的过去,还有人想从我的身上,抢救材料……

看到"抢救"两个字时,我痛苦地微笑了,这正是每当我"答问"和坐着让人照相时,所常有的想法。

在《一篇序文》的结束语中,巴金说:"尽可能多说真话;尽可能少做违心的事。"

"真挚"是一切创作的灵魂和力量!巴金的散文之所以被推崇为"当

代散文的巅峰"，就是因为在他的每篇散文里，句句都是真心话！

在《愿化泥土》这篇里，他说："一起接受阳光雨露，与花树，禾苗一同生长。我唯一的心愿是：化作泥土，留在人们温暖的脚印里。"

这使我猛然想起龚定庵的"落红不是无情物，化作春泥更护花"之句，它代表了一切热爱祖国，热爱后人的"温暖的脚印"的人的愿望。

这和下面一篇的《掏一把出来》里所写的"人活着不是为了'捞一把进去'，而是为了'掏一把出来'"是一个意思！

在《为〈新文学大系〉作序》这一篇里，有个警句，他说："我记得有一个规律：好作品淘汰坏作品。"近来，我常得到各种散文刊物编辑的来信，让我推荐一篇好散文，我手头的散文刊物不算太少，但是看来看去，竟难得挑出一篇可以算作"好"的。我觉得现在不但有了"朦胧诗"，也有了"朦胧散文"，也许是我太浅薄，也许是我赶不上时代，现在的确有许多散文，在我看来，都是朦朦胧胧的不知所云。作者若是不敢写出真心话，又何必让读者浪费猜谜的时间呢？

这又和下一篇《我的仓库》有了联系。

巴金说："好的作品把我的思想引到高的境界，艺术的魅力使我精神振作……一直到死，人都需要光和热。"这末一句，讲得多么彻底！

《病中集》翻到最后了，巴金在《我的日记》里有一句话说："十年的'文革'并不是一场噩梦，我床前五斗柜上萧珊的骨灰还在低声哀泣……"

巴金今年八月四月写给我的信中说："……我的随想录第五册就要脱稿了，还差一篇文章。说了自己想说的，总算没有辜负我这支笔，本月内一定编好送出去。您也替我高兴吧。"

在他十一月十二日写的信中说:"我说搁笔,也是真话,并非不想写,只是精力不够。这大半年相当疲乏,我担心随时会垮下来,不能再拖下去了……我却想多活,只是为了想多看,多思考,的确我们需要好好地思考。"

从我同他和萧珊的几十年的友谊经验中,我想象到,在他的"多思考"的时候一定还会回忆萧珊!《病中集》的末一篇就是《再忆萧珊》。

在我自己的回忆中,萧珊是一个十分活泼天真,十分聪明可爱的大姑娘!她在替《收获》催稿时,甚至调皮地以"再不来稿,我可要上吊了!"这样的话来威胁我。至今我的箱底还压着一件咖啡色绉绸的丝绵袄,面子就是她送的。

巴金的《怀念萧珊》,我记得是在萧珊去世六年以后才动笔的。这篇"再忆"是写在萧珊去世十二年之后了!他说:"十二年,多么长的日日夜夜!"

他在梦中还会忆起萧珊说过的话,如:"你怎么成了这个样子?"

"你有什么委屈,不要瞒我,千万不能吞在肚子呵!"

"我不愿离开你。没有我谁来照顾你呵?!"

巴金还是有勇气的巴金!他最后说:"她不会离开我,也从未离开我。做了十年的'牛鬼',我并不感到孤单。我还有勇气迈步走向我的最终目标——死亡,我的遗物将献给国家,我的骨灰将同她的骨灰搅拌在一起,洒在园中,给花树作肥料。"

《病中集》翻完了,巴金最后的话也抄到此为止。自从一九八〇年夏同巴金一起到日本访问回来,不久,我就得了脑血栓。病后,神经似乎脆弱了许多,独自的时候看到好文章或好事,就会笑出声来;读到或是遇到不幸的事，就会不自主地落泪，虽然在人们面前，我还能尽力控制。

　　这次在一边看《病中集》，一边笔不停挥地写着，因为旁边没有人，我又悄悄地落了眼泪，这眼泪是《病中集》中的"真话"催下来的。我也说句真话吧！

一九八六年十二月二日　浓阴之晨

2—08
我这一辈子还未有过可称为"书斋"的书斋

实话说，我这一辈子还没有一间可以真正称为书斋的书斋！

我的父亲曾有一间书斋，虽然很小，不到十二平方米吧。

那是在一所小三合院里的东厢房两明一暗的小三间里。明的一间做了客厅，"一暗"的一间就做了书斋。

这小书斋里靠着北墙是一个书柜，上半截是两扇玻璃门，里面摆些中外书籍，我只记得汉文的有《饮冰室文集》等。中间是两个抽屉，收藏着许多老朋友的来信和他们写的诗文。

下半截是两扇板门，放着线装书和纸张等。西窗下是一张横放着的书桌，上面摆着笔架、砚台、图章和印泥盒，桌前一张有靠背的椅子。靠东壁也是两张直背椅，中间摆个茶几，茶几上摆着茶具，这小屋里就满了。这只茶几上面的墙上挂有一张横幅，上面是棵松树，并题有诗句，是哪位

下篇：聊聊读书

伯伯送的就记不得了。

当时手种稚松子，今日量身已十围。

不作龙鳞作鹤盖，误她华表倘来归。

这间书斋给我的印象极深，因为父亲和我许多次的谈话，如谈"灯塔"都是在这间小小的书斋里进行的。

我呢，自从会读书写字起，都是在卧室的窗前，摆一张小小的书桌，书桌旁边放一个小小的书架，如此而已。在我教书和译书时，是在学校的办公室里，那里没有卧床，但办公室不是我一个人的，左右和对面也都有书桌。

以往的几十年中，在国内，在海外，也有不在卧室里放书桌的时候，但这种时间很短，书架上也没有多少书，因为书籍大多丧失了！

现在呢，也是卧室窗前放着书桌，可是这间屋子较大，窗子又大又亮。我有七个书柜，三个摆在客厅里，卧室窗前的两壁还可以摆下四个！（近年来得的赠书多了，不得不挑出一些放在甬道的墙柜里。）现在这间卧室兼书斋，倒是窗明几净。

窗台上放着一盆君子兰，是朋友送的，我不会伺候，也只长叶子，不知何时才能开花。

桌上有时有一瓶玫瑰，也有笔筒、砚台、桌灯、日历等，还有两本字典：一本是小小的《英华大辞典》，一本是《新华字典》，因为不论是写汉文或看英文，我往往提笔忘字，或是英文一个字不会"拼了"就得求助于这两本小小的字典。

　　这个"半间"的书斋里，还常常有客人。近年来，我行动不便，除非是生客，或是客人多了，我才起来到客厅去。因此熟人来了，尤其是年轻的朋友，一来就走进我的书斋，这里往往是笑语纷纭，真是"谈笑有鸿儒"。这些鸿儒的名字，我就不提了，免得有"借光"之嫌。

　　除此之外，白天，我的女儿、女婿和他们的孩子出去上课了，这屋里便静悄悄的。我的伴侣——陈同志（她是我小女婿的姐姐）只在客厅坐着看书或织活，有电话或有客人，她才进来通知我。还有，就是我女儿的那只宝贝猫咪咪，它上下午两次必跳上我的书桌，坐在我的信笺或稿纸上，来向我要鱼干吃之外，余下的时间就是我自己的了。

　　但是，大家也不要以为我有的是时间来写作。我的客人不少，电话也多，我有许多信件要复，我有许多书刊要看，此外，杂务还多着呢！若不是今天的大雪，把我纷扬的心绪压了下来，这篇《我的书斋》还不知何时才能交卷！

一九八六年十二月十七日　大雪之晨

2—09 介绍三篇好小说

看小说是我的享乐,尤其是看好的短篇小说。我认为短篇小说比中篇和长篇小说都难写得好,因为它必须写得简洁、精炼、紧凑。我这人一向护"短",这问题留给大家辩论吧!

第一篇是邹志安的《支书下台唱大戏》(见《北京文学》一九八六年第六期),讲的是戏剧团长郑三保,在剧团穷得没办法下,有本县某村为了支书下台、派人来订戏。这村才有五六十户人家,勉强凑起一百一十元来,钱数虽少,郑三保也高兴得一口气答应了。在喜悦和冲动里,他想这个支书一定干了不少坏事,群众才会庆祝他的下台。到了那个村,他才知道原来这台戏是为了安慰这个被撤职的支书而演唱的!

吃惊之下,他先访问了乡党委书记老门。老门说:"这戏不能演,支书有问题。"但到底是什么问题,他又查不清。郑三保一口咬定没有查清问题就把人免了是不对的，这戏他一定要演。

他一面去遍访了村里的男女老幼，最后去看了支书李润娃本人，他发现李润娃的窑洞里挤满了来安慰他同情他的人，这使郑三保觉得这戏一定要演。他要唱《长坂坡》《八义图》还送一场《卧薪尝胆》。他顶着县文化局和主管文教的县委书记的反对，大声强调文艺要为社会主义服务、为人民服务的道理，气冲冲地让他的剧团人人卖力地在黑压压的人海中把戏演完。

这个短篇写得有声有色，结尾也收得很好。

第二篇是李晓的《继续操练》（见《上海文学》一九八六年第七期），讲的是两个华大中文系毕业生，四眼考上了华大的研究生，黄鱼分配到最为抢手的报社当了四版记者。四眼因为他的导师王教授剽窃了他的论文——《〈红楼梦〉第六十三回怡红夜宴的座次排列》。他来找黄鱼，求他公布这个消息。于是黄鱼回到华大，找到系里第一快嘴的侯老师，把这事说了。这中文系本来就是壁垒森严，连这个派系的助教向对方的女研究生求爱，都被斥为异己，在中文系各宗派的勾心斗角之中，王教授托病躲起来了，黄鱼这里立刻门庭若市，各派系的中文老师都来找黄鱼说话，最后是新当主任的李教授用丰田来接他去。结果呢，四眼的硕士论文的答辩还是没有通过。黄鱼和四眼只好回到他们在大学的那间宿舍里去"继续操练"。

这个短篇正像《小说选刊》的"编后"所说的"出手不凡"。它幽默、辛辣而又俏皮，似乎看透了一切！招笑处使人忍不住笑出声来，笑后又感到有无限的悲凉。这篇妙语如珠，如黄鱼对四眼说他要揭露王教授剽窃四眼的论文时，他说：我要起草一篇檄文，让骆宾王的讨武曌比起来像卡西欧电子琴广告。

如四眼送给黄鱼一本"万宝全书",内有"回肠荡气"和"余音绕梁"等词,说这拿来形容:男低音,百灵鸟、琵琶、卖冰棍的吆喝、洒水车喇叭,哪怕放屁,这两句都合适。

又如形容华大中文系内部乱成一团:中文系现在就像元春省亲前的贾府,乱得不亦乐乎。刘柳两派之间大打出手,刘派内部互相指责,大有把庐山炸平之势。

在描写四眼硕士论文的答辩失败了之后,他说:四眼站起,不向任何人看,走出门去。在他面前,人群刷地向两边分开,让出条道来,那景象好似摩西过红海。

他总是嘲笑地称大学里的女生如"小母鸡",当四眼颓丧地走出考场的时候,黄鱼安慰他说:别动,你看前面谁来了,这班从没挨过爹娘打骂的小母鸡,个个心像煤球,根本不理解男人也有哭哭啼啼的时候,咱们可不能在她们认栽。

我不能再抄了,手有点酸,总之这个短篇要读者自己去看,才能充分得到享受。又正如《小说选刊》的"编后"所说的:"像'继续操练',近来逐渐多了起来,大概可算是创作中的一种趋势。"

我现在就介绍第三篇,晓剑的《本市市长无房住》(见《中国作家》一九八六年第六期)。这个短篇也是极其诙谐辛辣地揭露了勾心斗角的"无冕帝王"王国里的争夺,结果姜还是老的辣!

小说中的"我"也是一位记者——市日报社新闻部主任。

他才三十六岁,正想望取代五十六岁的总编辑的地位。他利用一个刚从大学新闻系毕业的女助理记者，去采访本市市长何如冰，因为有读者来信，为他抱屈说市长不以权谋私，结果只能住在由工棚改建的小房子里。这报道得到许多赞扬的信，读者们为本市有个好市长而高兴。后来女记者又得到一封读者来信说是本市有一座七十年前用大理石盖成的市长楼，只因老市长赖在那里，而不去住新市长为退休干部盖的干休楼；这位新市长也就不去住那分给他的一套四室一厅的新房，而赖在那一个破棚里，"我"就本着这内部情况发了两份"内参"，以此为导火线来炸塌现任总编辑的座椅。"我"认为引起了老市长对报社不满和愤恨，自然有人出面替他拔掉钉子。内参刊出后果然新市长默不出声，老市长老羞成怒，不久市委宣传部批示下来，将市日报社长兼总编辑免了职。一个月之后，"我"荣任了总编辑，市委下令让老市长住进了干休楼。他一气之下，脑病突发死去了。"我"正舒适地坐在总编辑室里，而前任总编辑却被任为市委宣传部长，原来他是新市长的长客，于是"我"的下一步是要当宣传部长。

  这个故事里，还生动地插进了那一位名牌大学新闻系毕业生、新来的新闻助理一心想做中国的法拉齐的丁妮妮。描写她每次来谈话时的新衣着、新首饰、新情绪；同时这故事里还贯穿着编辑室屋顶角落的一个大肚子的雌蜘蛛在结网，后来又一只雄蜘蛛也在结网，它们配合之后，雌的就把雄的吃了，来反映生存的残酷。

  最好的还是在这篇故事的每一个转折或每一段落之后，总写上一句简短的哲理性断语和总结。如"牛犊的权力""历史的误会""怜悯的必要""不朽的平衡""灵魂的哈哈镜""神父的忧虑""上帝的惊愕"等，都极其冷俏而诙谐。

说起来这三个短篇还要读者自己来细看、来欣赏，你们一定会找出其中更逗笑、更巧妙、更精彩、更引人深思的地方。

一九八六年十二月二十七日 晨

2 — 10 我的一天作家生活

报社编辑屡次来信要我写《我的一天》。我认为现在没有一个作家的一天过的比我更平淡、更繁琐,更没有什么可写的了!而且我从一九八〇年访日归来不久便病倒了,闭居不出,已有六年之久,没有了旅游访友的经历,我的一天就是这样刻板地消磨了下去……

我每天醒得很早,大约六点之前就完全清醒了,这时想得最多,比如这一天要做的事、要见的人、要写的信或文字等。也在这时有一两句古人的诗,如同久久沉在脑海底下的,忽然浮出海面,今天清早就有不知是哪位诗人写的:

独立山中喧月夜,万山无语看焦山。还有七十多年前在祖父桌上《诗钟》集中,看到的咏周瑜的两句诗:

大帝誓师江水绿,小乔卸甲晚妆红。(关于《诗钟》,我必须解释一下:这是福州那时学诗的人们在一起习作的形式。他们不必写一首七绝或七律，只要能写成两句对偶的七言句子就行。但这两句七言诗的框框很多，比如我上面引的那两句，题目：咏的人物是周瑜，诗句中必须嵌上"大""小""红""绿"四个字，如此，等等。）

  我用枕边的手电筒照见床旁的小时钟已经到了六点，就捻开枕边小收音机——这还是日本朋友有吉佐和子送给的——收听中央广播电台的《科学知识》和《祖国各地》或《卫生和健康》的节目，然后听完《新闻和报纸摘要》，我就起床，七时吃早饭，饭后同做饭的小阿姨算过菜账，就写昨天一天的日记，简单地记下：见过什么人，收到什么信件，看了什么书刊等等，就又躺下休息，为的是在上午工作以前补补精神。休息时总是睡不着的，为避免胡思乱想，就又捻开枕边的收音机，来收听音乐，我没有受过什么音乐训练，虽然也爱听外国音乐如《卡门》《弥赛亚》——特别是卡拉扬指挥的；但我更爱听中国民歌，总感到亲切、顺耳——我很喜爱《十五的月亮》，觉得这首歌凄美而又悲壮。

  九点钟我一定起来，因为这时我小女儿的宝贝猫"咪咪"，已经拱门进来了，它跳上我的书桌，等着我来喂它吃些干鱼片，不把它打发走，我是什么事也做不成的！

  等咪咪满足了，听我的指挥，在桌旁一张小沙发上蜷卧了下去，我才开始写该写的信，看要看的书、报、刊物。十二点午饭后，我又躺下休息，这时我就收听的是中央台的长篇小说的连续广播。我最欣赏的先是陈祖德的《超越自我》，后来便是袁阔成的《三国演义》。

  这本书我是从七岁就看到了，以后又看了不知有多少次，十一二岁时看到"关公"死后，就扔下了；十四五岁时，看到诸葛亮死后又扔下了。一直到大学时代才勉强把全书看完。没想到袁阔成的说书《三国演义》又

"演义"了一番，还演得真好！人物性格都没走样，而且十分生动有趣，因此我从"话说天下大势合久必分，分久必合"一直听到"三分归一统"，连我从前认为没有什么趣味的"入西川二士争功"，也显得波澜壮阔。我觉得能成为一位"好"的说书者，也真不容易！

到了午后两点，我又是准时起来，因为咪咪又拱开门进来了，这上午下午两"餐"，它是永远不会失时的。

下午当然又是看报、写字。晚饭是七点吃的，晚饭后我从来不看书写字，我只收看电视。"新闻联播"是必看的了，此外我就喜欢看球赛，不论是什么"球"，我不是看技巧，只要是中国球员和本国或外国球队竞赛的我都爱看，"胜固欣然，败亦可喜"，我知道中国的儿女是会不断拼搏的。

此外，就是看故事片，国产的如《四世同堂》，外国的如《阿信》，看着都感到亲切。

其他还有好的，但印象不深，一时想不起来了。

夜十点钟，我一定上床，吃安眠药睡觉。吃药的习惯是十年动乱时养成的，本来只吃"眠尔通"，现在已进步到"速可眠"，医生们总告诫我最好不要吃催眠药物，但躺在床上而睡不着，思想的奔腾，是我所最受不了的！

这就是我的刻板的一天，但事实上并不常是如此，我常有想不到的电话和不速的客人，有时使我快乐，有时使我烦恼，有时使我倦烦，总使我觉得我的"事"没完没了，但这使我忆起我母亲常常安慰并教训我说的"人活着一天，就有一天的事，'事情'是和人的生命一般长短的"。

一九八七年二月十三日

2/11

介绍三篇小说和三篇散文

我看的书杂极了！每天邮差来我总会得到一大捆书刊。拆开后，我也总得要翻翻，近来的刊物也真多，新的作者也不少。我的"不速之客"又多，往往把我看书的时间和情绪打乱了。但是在我匆匆看过一遍，又想重看的作品也还是有的，比如最近阅读的三篇小说和三篇散文，我认为就很有对读者介绍的价值。

《华人世界》一九八七年第四期里，有赵淑侠的三篇小说：《可爱的玛琳黛》《当我们年轻时》和《赌城豪客》。这三篇小说里的故事和人物，对我都很陌生，也就是说在我自己的生活见闻中所没有过的，但读来却觉得别致、新奇有趣。

作者赵淑侠是多年侨居瑞士的女作家，我们通过信，年前她回国到东北探亲时，还带她的儿女来看过我，我们也一同照过相。这里我要说的不是我们的交情，乃是这三篇小说的背景和人物都迥然不同而很有一读的价值。

那《可爱的玛琳黛》讲的一个白人妇女被美军黑人强奸后而生下来的黑孩子，这孩子一直为他的黑皮肤而怨恨自己的白人母亲和他醉鬼的后父以及他自己，心理上的不正常和矛盾，使他杀死了他的妓女情人玛塔，又冒充美军黑人——克拉克军曹，驾车想逃越边境，路上却因为要救助一个将要生产的中国妇女，而拖延了时间，终于被追捕的警察逮住了。

他说他想过境看望他的女友玛琳黛，其实玛琳黛只是一只小鹿的名字，是他一生中唯一爱过的"对象"。

《当我们年轻时》写的是三个天真的中学生，和一个玩世不恭、靠父亲遗产过活，整天对年轻人大发议论，开口尼采，闭口萨特，讲人生之虚无，要做个遗世孤立的理想主义者。

这个人，不接触社会，不结婚，也不接触女人。他态度洒脱，语言生动，博得了许多年轻人的崇拜，几乎每天都有许多男女青年去听他的高谈阔论，可是他终于诱娶了三个青年中之一的未婚妻，让她做他生活中的奴隶。

这故事里只有一个正面人物，平凡而乐观的山东大汉牟肃吾（是那三个青年学生的屋友），他对屋友们对于那个无耻文人的崇拜，总是劝告说："要是我有那空口说白话的时间，我就实实在在做点事。"许多年后这三个青年终于看破了那个空口说白话的文人，而后悔年轻时的无知受骗，说："如果人能再年轻一次该多好！"

《赌城豪客》说的是一个叫陆晋的台湾青年。他在大学里是个快乐积极、多才多艺、精力充沛,常在书报发表政论的文章,得到男女同学爱敬的大学生。终于因父亲是个赌徒,把家产都输光了,母亲又"偷人",父母离了婚,而自己青梅竹马从小相爱的未婚妻,在他大学快要毕业的一年跟一个从美国回台求偶的学人结了婚,也甩开了他走了,从此他就消极、酗酒,但不久他又振作起来,和一个有钱的女同学小尤相爱,小尤的父亲送他到美国去深造,他和小尤在美国结了婚,大学毕业后又当上了副教授,但是他却弃学经商,经营地产生意,不但和小尤离了婚,还又和一个香港电影明星结婚。婚后两人同在美国却不住在一起,各人做各人的生意。他的生意越做越大了,成了富翁,生活极其奢侈,有海边别墅,有城市里的房产,但是他空虚的心灵却驱使他往赌城里去找刺激。

一掷万金,最后他在一个荒郊的一家汽车旅馆用"速赐康"药针的毒液自杀了,只在字纸篓里留下一张字条:"陆晋,丢开你那臭皮囊,快,赶快!"

这三篇小说都不短,中间细节还多,读者最好自己去看看,这些都是我们——至少是我——闻见以外的事!

我要介绍的三篇散文,是赵大年的《脱发》《火柴》《房租》(见《散文选刊》一九八七年的第九期)。

我不认识赵大年,但常从《民族文学》上看到他的作品,知道他是满族作家,前天和舒乙谈起,舒乙说他的父亲老舍先生和罗莘田先生,同赵大年的父亲是"拜把子"的弟兄,原来如此!满族作家的文学语言总是流利、深刻而又幽默的!

这三篇散文中的事情除"火柴"外,我都没有经验,我的头发本来就少，每天掉几根、长几根我也不注意，白居易的《嗟落发》的诗，我也没有读过，但我对于广播或电视中所宣传的"灵丹妙药"是从来没有买过，一来我有公费医疗，北京医院让我每月去体检一次，每次都带回许多药，我每顿饭后吃的药丸，总有十几种。但最要命的是我从一九八〇年得脑血栓后，又摔坏了右腿，行动只能借助于在美国的朋友送我的"助行器"，出远门当然不便，我自己觉得从那时起成了"废人"。我的第一故乡福建的亲朋请我去游武夷山，我的第二故乡山东的朋友请我去重访烟台，甚至有美国和黎巴嫩的朋友请我到他们的国家去，我都因为行动不便而辞谢了。

回忆起七年以前我在国内外的游踪，有时真恨不得我的活跃的灵魂早些跳出我这个沉重而痛楚的躯壳……谈到火柴，在我每天早晨同卖菜的小阿姨算日用账时，早就知道火柴已涨到三分钱一包了，不过我既不点炉子做饭，又不抽烟，因此和火柴的接触不多，不能多说什么，但是从每天算日用账上，我知道涨价的决不止火柴，而且是许许多多东西都涨价了，这些事不说也罢！

说到房租，我住的是我老伴教书的学院教授级的房子，房租不算少也不算多，因为房子很好，大窗户，有前后凉台，有太阳能，环境也清静，适宜于看书写作。在住房问题上，我觉得比我的许多朋友都优越，这一点我从心里感谢领导同志们对我的照顾。但是从我的许多朋友口里也听到许多使人气愤的事，就像《房租》这篇中所说的"孙子楼"，就是"北京新建的高层居民楼当中，有些竟然被群众称之为'鬼楼'——黑夜不亮灯，长期锁着门……到派出所一查户口本，这些楼房的户主原来都是'祖国的花朵'……"我不能再抄下去了！

我奉劝我平时所挚爱的"祖国的花朵"长大了自己拒不住进这种"鬼楼",免得阴森的鬼气,四面袭来使花朵未开先萎,而且还会连"根"烂掉!

一九八八年九月二十六日 阳光满室之晨

2—12 埋在记忆最底层的一本书

前天半夜醒来,眼前忽然摊着一个打开的薄薄的本子,是我几十年来从未想到也未曾再看到的《烧饼歌》,又名《推背图》("推背"两字不知什么意思),这是明太祖朱元璋和他的军师刘基的一段谈话,和刘基说的一些对于天下事的预言,是我在一九一一年从烟台回到福州路过上海时,从大人那里看到的,是当时极为抢手的一本书!

开头是讲朱元璋咬了一口烧饼,看见刘基来了,便把它盖在碗下,请刘基猜里面是什么东西。刘基说:"半似日兮半似月,曾被金龙咬一缺,这是一块烧饼。"以下便是朱元璋请刘基算一算将来的国运。刘基的回答,全是七个字一句的,从朱元璋以后几代的明朝皇帝一直讲到清朝的光绪和宣统。(他的每句话虽极"模糊",但是下面都有注释,也不知是谁加的。)

底下又说了一大段话,如"得见金龙民心开,刀兵水火一齐来,

××××××，父死无人兄弟抬"，至此朱元璋问：

"胡人至此尚在否？"刘基说："胡人至此亡之久矣，"底下还有许多没法子解释的话，最后是："适有异人自楚归，马行千里寻安歇……除暴安良民多谷，安享九州金满赢。"

这是一九一一年的事了，"辛亥革命"这"革命"二字，是当初许多愚昧无知，数千年习惯于封建制度之下的民众，所不能了解的，这种像算命一样的书，便应运而生了。

天快亮时，我忽然想到最后四句话的头一句，所谓"异人自楚归"，楚是湖南，这位异人是不是指的毛泽东主席呢？

中华人民共和国，不是在举国纷乱中成立了么？说来也真巧！

我写下了这一段，是想说明人的头脑，是个最奇怪的东西，在毫无联想之中，忽然浮现出一本几十年来早已忘却而且是当时看后就一笑置之的无聊的书。

和我同年龄的人不多了。这些少数的同龄人之中，不知有多少人看过这本书？现在当然是找不到了，八十年代尊重科学的中国人民更不会去找，也更不必去找它！一九八九年从评价《群言》说起，我认为在我书桌上的几十种刊物杂志中，能使我不能释手地从头一篇一直看到末一篇的，只有《群言》！

从前看过的几期不说了，只谈最近的一九八八年的第十二期，就有几篇极好的文章。

头一篇就是卷首丁石孙同志的《问题在于把教育放在什么位置》。

在我自己的经验是作为一个当家的人，一个主妇，从有限的收入中，在盘算支出的时候，总是先留下一笔最重要的买米、面粉、玉米面等做饭、蒸馒头、做窝窝头的原料，因为"民以食为天"，而在饭食中，这些东西又是必不可少的。

至于饼干、糖果、巧克力、冰淇淋……甚至于含维他命C最多、最有营养的水果，如橘柑之类，也都是在米、面等都具有了之后，"行有余力"，才开始考虑购买的。

"教育是立国之本"是中央说过无数次的煌煌宣言，我这个小小老百姓，不必再重复了。我只记得古人说过"为政不在多言"，我希望做国家的当家人，真格地把教育经费也像每一家的主妇一样，当做买米买面的钱一样，在筹划"家用"的时候，先把它存到一边，那么至少在十亿人民之中，不至有两亿多的文盲了！

在这一期《群言》"十年以来"栏内，还有陆诒同志的《要有点危机感》也是一篇极好的文章。但我觉得这文章的题目还"出"得太温和了！我们不是要有"点"危机感，而是应该有"迫在眉睫""压在心头"的"危机感"和"紧迫感"。请抬头看一看全国青少年中普遍流行的"读书无用论"，以及"全民经商"的怪现象——我手里本来还有的，去年福建宁德县有几百位中小学教师弃教从商的事情（忘了是在哪家报纸上的），以及去年十二月二十九日的《北京日报》第四版上的"辽宁省有一个学年初中生辍学十一万人"的报道，我认为这几百位教师和十一万个中学生，不是心甘情愿地这样做的，他们都有各自的"逼不得已出此下策"的怨愤理由！

我的确老了！眼睛里又生了白内障，写字看书都有困难，我不能"引用""抄写"我所讲的《群言》一九八八年第十二期上那两篇文章的许多警句，我请求每一个中国知书识字的公民，都来读一读这两篇文章。我们是应该都有极其深重的危机感和紧迫感。知书识字的公民们都比我年轻，不要坐视堂堂一个中国，九百六十万平方公里的肥沃土地，在二十一世纪变成一片广阔无边的"文化沙漠"。但我还是幸福的，因为我无论如何是看不见了！一九八九年一月五日晨（戊辰小寒）施者比受者更为有福我看着我客厅里的两架玻璃书柜里堆叠着的许许多多海内外的朋友亲戚和许许多多不认识的小朋友送我的贺年片。

那些片上的图画真是花团锦簇，不但有花朵、儿童，还有更多的小猫（也都是白色的，和我的咪咪一样）。

我衷心地感谢这许多年来给我写信的上百上千的小朋友们，他（她）们的情意是那么恳切，字迹是那么工整，最后还总是祝我健康长寿。我的寿命真是不短，算来已经度过八十八个春秋了。但是健康呢，却有不少问题。我从一九八〇年九月右腿骨折后，不但行动不自由了，生活也不能自理，这时亏得有我小女婿的姐姐陈同志，日夜在帮助照顾我。我不但夜里不能自己翻身，连人家把我扶坐书桌前以后凡是我的手够不到的地方，还是要人帮忙，比如拿一本书，一支笔，一张纸，一杯茶，等等，都是要麻烦人的。我们一般笑骂无用的人是"行尸走肉"，但是我却连"行尸走肉"都不如，因为"尸""肉"还能行走！

想起我小的时候，在海岸上狂奔……就是在一九八〇年以前，我也还是走遍五湖四海。

我半夜醒来还会悄悄地呜咽！

我勉励着自己坚强起来，还满有希望似的说过"生命从八十岁开始"，但实际上那种的生命，是什么样的生命啊！

我近来又增加上右膝骨上骨节增生，眼睛里又有了白内障，起来、坐下、看书、写字都有困难……总之，这些都是我从来不复小朋友信的原因。我不但没有时间，也没有了精力。

但我已珍重地将这些年来收到的千百封可贵的信，都送到巴金同志创办的"中国现代文学馆"，请他们代为收藏起来了。

中国俗话说"岁数不饶人"，老年来到了，这原是无法抗拒的千古以来的真理。是我自己太"天真"了，不能正确地承认这个真理！

话说回来，我看着我玻璃书柜里堆积的那些五光十色的贺年片，我心里充满了幸福！

我也记得西方一本圣书上有句能够说出我心底的话的句子，是"施者比受者更为有福"！

一九八九年一月七日 大雪之后

2—13 谢家墙上的对联

我从前写过我的识字是从父亲书房里的一副对联学起的。那是我幼年在山东烟台居住时的事，那副对联是：

此地有崇山峻岭茂林修竹，
是能读三坟五典七索九丘。

还有一副是清末以弹劾庆亲王而被谪南归的江春霖御史写的。那时他真是"直声震天下"！江老先生南下路过烟台时，在父亲的客室里住过几天。他写赠我父亲的一副对联是：

庠舍争归胡教授，

楼船犹见汉将军。

这当然是扣住父亲是海军学校校长的职位写的。我那时不懂得细问"胡教授"是出自什么典故,只记得他在上款中还有几句"……被谪南下,阻雪难行"。他久知我父亲是个"袭带歌壶,翩翩儒将,心向往之",因此就在烟台逗留了几天。江老先生的字方正秀劲,真是"字如其人"!

一九一一年我们回到福建福州,在老家,我们这一房是和祖父一起吃饭的。饭厅在堂屋的后厅,墙上挂着曾祖父的画像,两旁挂有祖父写的一副对联是:

谁道五丝能续命,

每逢佳节倍思亲。

因为我的曾祖父是在农历端阳节那一天逝世的。

但是五月五日,是我们十几个堂兄弟姐妹最快乐的日子,因为在这一天,我们四房的孩子们,各自从自己的外婆家照例得到绣得极其精美的红兜肚,上面还挂着由五色丝线缠成的粽子样子和五彩缤纷的香包。这一天我们额上点着雄黄酒,笑语喧哗地互相炫耀着自己得到的礼物。但是到了吃饭的时候,我却不敢露出半点笑容,因为祖父和我的父母都极严肃而沉默地低头吃饭。爱吃甜食的祖父,就连用糯米做的粽子也不吃了。

祖父平时十分慈蔼,饭桌上,我们总是笑语不断。祖父还爱吃甜食,逢年过节,我们总有应时的元宵节的"元宵"和端午节的粽子等等。母亲认为"元宵"是糯米粉包的，糯米太粘了，老人吃了容易生痰，因此每逢吃元宵时，母亲总会用眼神告诉我，去祖父碗里乞讨几颗"元宵"，祖父总是笑着让我吃几颗他碗里的"元宵"。

此外，我最记得的是北京中剪子巷父亲客厅里一副萨镇冰老伯的对联是：

穷达尽为身外事，
升沉不改故人情。

诚挚之情跃然纸上，充满着这位老人的风度和风骨。

可惜的是祖父和父亲逝世时，我都不在他们身边，否则我一定将这几副对联保留下来！

一九八九年三月三十日晨

2/14 儿童是最真诚的

《小学语文报》的编辑同志来给我看了几篇有奖征文，题目叫作《我的家庭》。征文要求，第一是"所记事实必须真实"。据我和小朋友们数十年来接触的经验，儿童是最真实的，只要你和他平起平坐，以诚相见，他们决不会对你说半句假话！

现在让我从我看过的第一篇文章说起：

这是北京市昌平县秦城小学五年级同学宋治华写的。

她讲了她的爸爸当医生、妈妈当会计的一个三口之家，讲到她的家庭生活，"一切都是那样自然，有规律"，最后高兴地说："我的家庭是多么幸福啊！我为自己的家庭感到自豪和骄傲。"

第二篇是山东昌邑县都昌镇中心小学五（1）班张京伟同学写的。

她是一个从小失去父母的孤儿，跟着姐姐住在姥姥家。姥姥去世以后，她和姐姐相依为命，度过了童年辛酸的生活。她在文章结尾时说："朋友们，好好珍惜自己幸福的家庭生活吧！我所在的这个不幸家庭，使我尝到了生活中酸甜苦辣，但也磨炼了我的意志，使我对生活有了全面的认识，更加懂得了珍惜生活长河中的每一滴幸福。"

第三篇文章是四川省万县市城四校五年级（1）班同学晨雾写的。

他有一个工作认真、待人和善的爸爸，可是在机关里总是"受气"。回家来向妈妈诉说，妈妈的火就上来了。有时爸爸也发火，便和妈妈争吵……于是这个孩子发表了他的公正的看法："作为家庭的一员，我有自己的看法，我认为，爸爸工作认真负责是好的，可恨的是单位上一些得过且过、无真才实学的'寄生虫'。"

"我是多么希望真正的人才有用武之地，爸爸妈妈不再为这事儿争吵了啊。"

这位小同学是在严肃地"议政"了！

第四篇文章是四川南光地区棉纺厂子弟学校五年级刘征同学写的。他说："每个家庭，都是大集体中的小集体，它们每天都演奏着喜怒哀乐变奏曲，我们的一家也不例外。"接着他说："我爸爸是我家的'笑星'，他说话非常幽默风趣……他很爱音乐。"他妈妈是个"心直口快"的人，虽有时也和他爸爸"吵吵闹闹"，但都被他爸爸的幽默逗笑了！这篇文章的结尾是："我的家庭充满了幽默、欢乐。我爱这充满欢乐和幸福的三口之家。"

第五篇文章是黑龙江尚志市珍珠山乡小学四年级（1）班王贯利同学写的。

他说："提起我的家庭令人心寒……爸爸妈妈三天两头打架，邻居大叔、大婶说他们战斗了一辈子。"他五岁时，他爸爸就"举起菜刀要砍人……我一直跪到他放下菜刀为止……从那以后，'战争'不断发生，有时打仗后爸爸好几天都不让我们吃饭"。他最后悲愤地说："每当我看到别

下篇：聊聊读书

的孩子有幸福的家庭、美好的学习环境，十分羡慕。我多么希望能像他们那样在肥沃的土壤中快快成长，成为祖国的有用之材。"

这个同学是有理想的！他在开篇里就说："家庭好比土壤，滋润着幼苗茁壮成长。"他希望他的家庭是一块好土壤，倒不只是使他脱离苦难，而是为了使自己能在好环境中长大，将来能成为祖国有用之才。这是一个多么有志气的苦难的家庭中的孩子呵！

往下我又看了几篇征文，但是越看越累，心中也不大愉快。这些篇名和作者就不提了。

有的家庭，因为爸爸有一个"漂亮"的脸，就招来了一个姑娘，成了家庭中的第三者，但他妈妈是个善良容忍的人，离婚后仍劝他不要怨恨爸爸，因而他只能对爸爸说"愿您的内心如同外表一样美好"！

还有个家庭是：爸爸很爱他，妈妈却天天和爸爸吵架。他八岁那年，妈妈忽然对他说："你的爸爸走了，不要你和我了。"

当天晚上，他被警车声惊醒了，妈妈被扭上了警车！原来妈妈把爸爸杀害了。这件事更是出我意外！

我没有精神往下看了。

编者的话说：征文启事登出，短短一个多月的时间，就得到来自全国各地的应征稿件一千五百多份。我还是说：孩子是最真诚的，他（她）们总是真诚对他们的人，倾吐出心里的快乐和悲哀。他们不会"顾面子"，也不懂得"家丑不可外扬"。我认为想做社会调查的学者们，应当向《小学语文报》的编者学习，向小孩子们征文，倒可以得到一些社会的实况！！

一九八九年十一月九日 阴雨之晨急就

2—15 再谈我家的对联

我的福州老家和我的北京老家,就说是谢家吧,在书房、客厅、堂屋的墙壁上,都挂有许多对联。在福州老家我祖父的书桌旁,就挂着他的座右铭:

无足知不足,
有为有弗为。

祖父对我解释说:"有的东西,比如衣、食、住吧,虽然简陋素朴一些,也应当'知足';而对于追求知识学问和修身养性上,就常常应当'知不足'。对于应当做的有益于世道人心的事,就应当勇往直前地去做;而那些违背道义的事,就应当坚决不做。"我觉得我很喜爱这两句有骨气的话,以后有人请我题字的时候,我就常常写下这副对子。

福州老家东屋厅堂上还有一对楹联:

海阔天高气象,

风光月霁襟怀。

在西屋客厅往南去的三间小楼的楼下的中间墙上,有一副对联是:

雷霆走精锐,

冰雪净聪明。

这两副对联,有了使人觉着心里有一股寥阔清明之气!

在北京老家,父亲的书房里,挂着萨镇冰老伯送给他的一副对联是:

穷达尽为身外事,

升沉不改故人情。

这就说尽了朋友间相知之深,情谊之厚!

北京老家的堂屋还挂有乡老先生林则徐的一副对联:

海纳百川,有容乃大,

壁立千仞,无欲则刚。

我非常地喜欢这两句话！念了总觉得有股凛然之气，扑人而来。它不但描写了我所热爱的大海和高山，那"有容"和"无欲"四个字，更含有很深的意义，这使我联想到古人咏"汤圆"的不计毁誉的句子：

甘白俱能受，
升沉总不惊，

无欲，又使我忆起诸葛武侯训子篇中的"非淡泊无以明志，非宁静无以致远"这两句名言。

这些挂在墙上的好对联，孩子们天天眼里看着，口里念着，耳濡目染，潜移默化对于他（她）们人格的培养，是有很大的好处，其效果决不在"言教"和"身教"之下！

一九八九年十一月十七日

2—16

谈孟子和民主

听说日本著名作家井上靖先生,写了一本叫作《孔子》的书,在日本大受欢迎,成了畅销书之一。对于至圣先师孔子,我当也极尊崇。我小时候在私塾里,也读过背过一部《论语》,以后又读、背过《孟子》,可惜只读了一章,我便进了学校,改读"国文教科书"了。

前年我托朋友买了一本《十三经》,想自己阅读古人的书,以补我的对于祖国古典经史知识之不足。这十三经是:1.《周易》,2.《尚书》,3.《毛诗》,4.《周礼》,5.《仪礼》,6.《礼记》,7.《春秋左传》,8.《春秋公羊传》,9.《春秋榖梁传》,10.《论语》,11.《孝经》,12.《尔雅》,13.《孟子》。

我不厌其烦地写出了《十三经》每一卷的名字,因为我读了前几卷,有的不懂,如《周易》,有的太繁琐了,如《礼记》之类,只有《毛诗》还看得进去。一直看到第十三卷《孟子》,我心里忽然感到豁然开朗,没想到两千多年以前的古人，就主张"民主"，且言论精辟深刻！我希望读者们都自己去找出这本古书来，细细地读它一遍！在这里我只能举出一些给我印象最深的几点：

他主张"与民同乐"，他处处重视"人民"，把"人民"放在"君主"之上。

他说，国人皆曰可用，则用之；国人皆曰可杀，则杀之。

这里的"国人"，就是"老百姓"，就是"人民"。凡事不能由"君王"擅自做主。

他主张君臣平等，他说君之视臣如土芥，则臣视君如寇仇。意思是当君王把人民踩在脚下的时候，人民就可以把君王当作敌人。这话说得多么直接痛快！

他的"大丈夫"的定义，也是极其深刻的。"大丈夫"用现代的话说，就是"堂堂男子汉"，是个极其自豪的名词。孟子说："富贵不能淫，贫贱不能移，威武不能屈，此之谓大丈夫。"他把"富贵不能淫"放在首位，足见"贫贱不能移，威武不能屈"凡是有操守的人都还容易做到，富贵了而能不被淫是比较困难的。因为富贵了必然有权，有权就有了一切，"一朝权在手，便把令来行"；有了权就可以胡作非为，什么民意，都可以不顾了！这些都是富贵能淫的人。富贵了而能不被淫的人，从我国几千年的封建历史上看，几乎数不出几个来！

一九八九年十一月二十九日

2
──
17

介绍《铁血情缘》

从十年前断腿之后,出不了门了。游山逛水,探亲访友,都是梦里的事了!听收音机和看电视(除了书报之外)是我知识和娱乐的主要来源。看电视,我最喜欢看《人民子弟兵》的节目,听收音机我最爱听的也是军事生活。有关于陆、海、空军人,武器,以及和这些事有关的一切一切,我都爱看爱听。

前些日子阅读《福建文学》一九八九年第十一期,使我意外地兴奋!因为现在一般书报的文艺栏目内,多半讲的是风花雪月,山山水水,男欢女喜……对于我这个九十岁的老人,已不会再感兴趣了。

《福建文学》八九年第十一期内第一篇文章《铁血情缘》,是张德崇同志(这位作家我不认识)写的,讲的是大学生军训的种种事情,使我受了极大的激动!我忆起我生在军人家庭,从小就和军事接触,每早都听到起床,每晚都听到熄灯的嘹亮的号角,以及从我家楼上能看到的每天早上海军学校学生的出操,昂首挺胸,真是整齐威武,和我十二岁到北京以后看到的男女学生列队体操的随便形象,就大不相同了。

我请读者们自己去看这篇文章，在这里我只能把这篇文章的提要意思、男女大学生受军训时期和以后情感的叙述，抄了下来：

Ａ．这样的惜别……

Ｂ．兵营是强者的天堂，这里不需要"宝贝"，那被绿色浸透的严酷现实把十八九岁的童稚推向成熟与深沉，这是一次心灵的净化。

Ｃ．以雄体为主体的兵营，第一次开辟了女性群落。她们，具有少女的天真和温馨，又有着"娘子军"般的坚毅。你想知道军训"女兵"的秘密吗？

Ｄ．我们还要求什么呢？军营已给了我们平凡人的崇高，已给了我们硬汉子的气魄，更给予我们思考，这不足够？

Ｅ．军营在重塑这批时代骄子的同时，自身所固有的生活模式也受到冲击，这是一组没有完结的故事，没有完结的思考。

这篇文章最后总结说：

也恢复了平静。但是，军营毕竟经受了一次全新文化观念的冲击。固有的生活模式出现了裂痕，一些不愿思考和不大引人思考的问题，通过大学生军训都暴露无遗，一切都在升华之中。我想，每一年的军训，军营都会有每一年的启示，每一年的收获。

抄了半天，手都酸了，中间又有几批客人来，把我的思路打断，但我的脑中一直萦绕着一个问题，就是"假如我现在是个十八九岁，能够参加军训的大学生，那该多过瘾！"

一九八九年十二月二十六日

介绍《蓝热》

《福建文学》这一期上的第二篇文章是石国仕同志（这位作家我也不认识）写的《蓝热》，故事讲的是海军士兵在备航舰上，本应回家过年而却奉命到南沙巡逻。我看了顿时感到心头发热！我五岁那年，我父亲在山东烟台办了个海军练营，是训练海军士兵的营房。那时在营的海军士兵叫"练勇"，我和他们相当熟悉，因为我常常跟父亲走到营门口，父亲进去了，那站岗的练勇就蹲下来和我交谈，但是我终究不会知道他们日常的生活、思想和谈话的内容。这篇《蓝热》里的备航舰上的舰长、政委和一些士兵，个个都有很强的个性，栩栩如生！在这里我只能提到几个人物。

文章里的"我"名胡湘南，信号班长，他和元炜、道新、秋雨四个人同住一屋。如今就写他们四个人。

元炜是个喜欢打仗的战士，他听道新说："越军最近加强了对南沙的侵略活动，我们去后难免不打仗。"他高兴得要死，说："战争对于军人是一种机遇，现在机遇来了，千万要抓住。"

秋雨是个孤儿，是叔叔把他带大的，而婶婶却很凶狠。他喜欢看外国作品，如《百年孤独》之类。他说"海上生活太枯燥"。他喜欢躺着继承文化遗产。他说：日本人也供奉孔子，这叫文化血缘相近。又爱看相命书。被人奚落时就坐到炮盘上扯二胡，"锯出许多疹人的忧郁"。他晕船呕吐，一难受就想死。他要跳海被人"抓住裤腰带"救回来了。有人又"将"他一军，在人群中空出一条路说："走呀，快跳海去！"

他反而不想死了。道新说："在治疗痼疾顽症方面，以毒攻毒，不失为一种良策。"

"元炜的发展方向是行为型领袖人物——彪悍英俊，引无数姑娘竞折腰。"他在班会上批评秋雨说："一，身为海军战士却没有海洋观念，这是极其错误的；二，在军舰向南沙进军的途中散布这种言论（指秋雨说过，'我们陆地都没建设好，把南沙那些破礁收回来干哈？'被人骂他为'卖国贼'。抄者注）是动摇军心。"秋雨当时值班没有参加会议，道新将这话告诉了秋雨，"他气得指着元炜的鼻子骂娘"。

"道新和秋雨气味相投，但他不愿公开跳出来支持秋雨，他知道得罪元炜绝对没好果子吃。"

这篇文章里还提到，正月十五元宵节，政委要"我"组织一场文艺晚会。这一段说的也很热闹。

"道新对晚会也不热心"，"'我'说你嗓子洪亮天生的演唱人才"，他才同意唱首家乡小调。

下篇：聊聊读书 239

"指挥部突然来电,命令我们登礁勘测。礁盘是由白色珊瑚岩组成的,全淹没在水里……如果越军开枪……"

三条越军武装舰船向礁盘驶过来了。元炜说别怕,胆子越小越危险。道新说:越军想在海上跟我们干,那是用鸡蛋碰石头。元炜说他们敢用飞机炸军舰,我们就不会炸他们的本土?

一夜过去了。

第二天,越军的小艇驶进礁盘,有三个人手拉手向礁盘中心走来。道新两手相抱当话筒,用越语喊话,意思是"这里是中国领土,你们必须走开"。

第三天越军在礁盘上插上了一面国旗,元炜冲上去推开敌人,拔起旗杆往膝盖上一碰折成两半……于是一场海战爆发了。我们在水里开枪,尽量减少暴露部分,道新却傻乎乎地挺着胸脯。他在战斗中牺牲了!

这个部队想象着回到军港后的盛况,什么鞭炮,锣鼓,大姑娘献花、小朋友敬队礼……然而他们完全是自作多情,码头上连个人形也没有……秋雨颓废地唱道:"军港的夜呀静悄悄……"

上头有规定,立功受奖人员不能超过三分之一。土政策是:活人让死人,没受伤的让受伤的,没登礁的让登礁的。

道新评上了一等……其实他在战斗中并没什么特殊行为……这里头有点吃遗产的味道。

对评功"我"不在乎,元炜二等,他三等,秋雨连表扬都没有。

庆功会过后,舰长宣布放假三天。以后就"欢送老战友",餐桌上加菜了。元炜复员,湘南考上了军校,大家都吃得痛快,秋雨却自斟自饮,突然咬牙切齿地叫道"八格牙路——"，谁也不知道他是什么意思。

　　海风阵阵袭来，它送走了一代代风流，又冷峻地迎来了一批批新贵。

　　我觉得抄到这里可以结束了，还是让读者自己去细看吧。

　　我只感到这篇关于海军士兵的文章写得很真实、很幽默，又包含着许多哲理，很耐人寻味！

一九九〇年四月十二日

2
―
19

教师节引起的联想

《群言》的记者给我来信说,教师节又快到了,她让我说几句话。

我出生在一个教师的家庭。我的祖父和大伯父都是在福建福州设馆授徒。我的二伯父在福州英华书院教授古文。我的父亲是山东烟台海军学校的校长。我和我的老伴吴文藻都在北京的燕京大学教过书。现在我的两个女儿吴冰和吴青,也都在北京外语学院教着英语。

我们几代人有个共同的感觉:教师生活是辛苦而又快乐的。说到底,是快乐大于辛苦,尤其是我自己,我从和学生接触中,得到了极大的快乐。

通过教学,同时得以结识了许多天真活泼的朋友,又从我让他们写的作文中,如《自传》《最难忘的一件事》《我最喜爱的人》等的文卷里,我熟悉了他们的家世、爱好,等等,又从作文后的个别谈话中,我们彼此说了许多知心话,课外的接触,也因此而加多了起来。

我是一九二六年从美国进修两年后,回到北京西郊刚刚盖起的美轮美奂的母校——燕京大学,来加入国文系教师的队伍的。那年我自己也不过二十六岁;我教一年级必修课的国文,选修课的习作,还有一班是师范补修班,这班学生的年纪大都在三十岁左右,又都是男生,作文是说不交就不交,我对他们毫无办法。

在和年纪轻些的同学,特别是一年级的新生之间,我们有许多课外活动:如在未名湖上划船,在湖心亭或石舫上聚谈,或在燕南园女教师宿舍的会客室里的约谈,都是十分自然而亲切的。十八九岁的学生们对我是无话不说,以至于让我介入了他们的择业与择婚的终身大事。现在回想起来,已有好几个或好几对极有成就的同学,竟然先我而进入了另一个世界!

这些可亲可爱的名字,我不忍在这里再提了,让一个老人来悼念一些中青年人,是人生中最可悲的事!

一九九〇年七月十七日 多云之晨

2—20
又想起一首诗

夜半,秋风吹得窗帘籁籁地响,引我想起忘了从哪一本书上看过的一首诗。这位诗人似乎姓温,也不知道是哪一个朝代的?诗云:

西风吹老洞庭波,

一夜湘君白发多。

睡里不知舟在水,

满床清梦压星河。

"满床清梦压星河",这句妙极!"满床清梦"形容梦中情事的丰满,"压星河"是说这丰满沉重的梦,"压"了天上星河在水中的倒影!

说到诗,我总是"不薄今人爱古人"。因为今人的诗无论多好,但没有一首能使我在半夜醒来，一字不错地背下来的。

这当然和我自幼养成的"吟诗"习惯有关。

一九九〇年八月二十七日晨

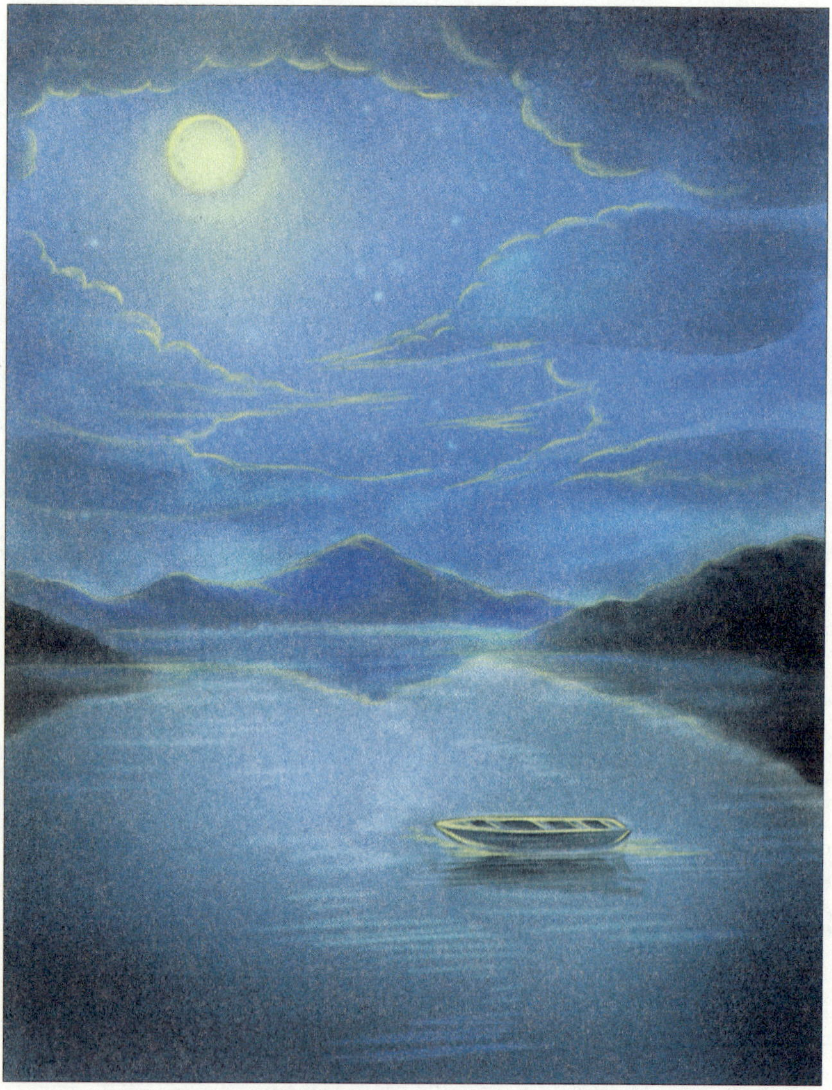

2―21
介绍一篇好小说
——刘平的《代笔》

《小说月报》是我最爱看的文艺刊物。这一期（一九九一年十一期）女作家的小说还特别地多，如张洁、铁凝的……读了我发出如晤故人的微笑。

谁知道看到最后一篇刘平的"代笔"，使我心魂悸动！好容易平静的心潮，又汹涌起来了！

《书讯报》有信给我，让我在它的第四版"作家与作品"上写文章，还说是将于杨花似雪的阳春三月出"春播专栏"，还要"名人写名人"。这般地郑重！

我不是名人！这位刘平同志，我以前没有看过他的文章，也没听说过他的文名，在一般读者的眼里，可能算不了一个名人吧。但我不能不介绍他这篇小说，写得太精彩了！

《代笔》这篇文章不长，只写一位教了三十多年书的老教师，还是"一贫如洗",写文章也拿不到多少钱,只好每星期天出到街口,为人代写书信。

现在是有文化的人少,有钱的人多,他惊奇地发现这"代笔"的钱,来得很容易。

有一天,有一个二十岁左右稚气而又"世故"的小伙子,来请他写信给一位朋友,信要这样写:

别念那臭师范了!出来当个教书匠,能挣几个子儿?

我这儿正急用人,你快来,除了吃住,我每月还能给你四百块钱!

老教师一算,四百块加上吃住,等于他半年工资了,他看着那小伙子的脸,心里一激灵,问:"那收信人叫什么名字?在哪里读书?"

原来那收信人正是他自己在省立第二师范学校就学的儿子张小刚!

老教师气得拧上了笔帽,不写了!

那小伙子说"怕我不给钱吗?"一面把崭新的十元大票扔在桌上。

老先生像一只发怒的狮子,吼着说:"不写,给多少钱也不写!"他吼得多么痛快?金钱是什么东西?

关于今日中国"有钱而没有文化的人太多了"的问题,我谈过多少次了。"万般皆上品"(一九八七年七月),"我请求"(一九八七年十月),"开卷有益"(一九八九年十月),等等,而这些文章和那些政治报告上的"百年大计,教育为本"一样,都没有起过什么作用!

这一次我要把《代笔》里的老教师的狮子吼,送到《书讯报》的"春播时节"专栏里,希望它能随着杨花似雪的春风吹到关心国家前途的中国人民心里,大家冷静地听听吧!

一九九一年十二月十五日

2/22 我与古典文学

我从五岁会认字读书起，就非常地喜爱中国古典文学。从《诗经》到以后见的《古文观止》《唐诗三百首》《古今诗词精选》等，我拿到后就高兴得不能释手。尤其对唐诗和宋词更为钟爱，以后又用元曲作我的大学毕业论文题目。我的初期写作，完全得力于古典文学，如二三十年代的《寄小读者》《往事》等，内容是抒情多于叙事，句子也多半是文言。

我觉得中国古典文学，文字精炼优美，笔花四照，尤其是诗词，有韵律，有声调，读到好的，就会过目不忘。我在谈"诗"时曾说过：谈到"诗"，我是"不薄今人爱古人"的，因为白话诗无论写得多好，我欣赏后就是背不下来。

中国古典文学中充满了美好的词汇，在翻译外国诗文时，也很得力。我只懂得英文，只要外国作者是用英文写的，我就愿意尝试（我不喜欢重译），如印度诗人泰戈尔的《吉檀迦利》《园丁集》和几个短篇小说，因为我曾在一九五五年和一九五七年两次访问过印度，又曾到过泰戈尔故居，对于印度的山水人物，比较了解，翻译时就不感到费力。至于亚剌伯的诗人纪伯伦的《先知》和《沙与沫》，只因他写的都是人类共同的人情物理，没有什么亚剌伯的特色，虽然我没有去过亚剌伯，译来也不困难。

总而言之，在创作和翻译上，精通中国古典文学，都有很大的帮助，尤其是在翻译上，如不娴熟中国文学"词汇"，就不能"得心应手"地做到"信""达""雅"中的"雅"字的。

一九九二年一月三日 欲雪之晨

2-23 清朝两位诗人的诗

    清晨醒来，忽然想起几段旧诗。

    大概在清朝，有一位身居要职的京官，有一天得到家乡亲人的信，说请他给地方官批示，让他们邻人让给他们几尺墙。他回了一首诗：

千里书来只为墙，让他三尺又何妨？
万里长城今犹在，不见当年秦始皇！

    这诗写得多么有远见，多么达观！

    又有清朝名诗人张船山（我没有读过他的诗，也不知其名），得到好几封秀才们的信，说是"来生愿为夫子妾"，他得信后，写了两首七律：

  人尽愿为夫子妾，天教多结再生缘，
  累他名士皆求死，引我多情欲放颠，
  为告山妻早料理，典衣早蓄买花钱。

第二首，头一句，我忘了。

  名流争观女郎身，一笑残冬四座春，
  击壁此时无妒妇，倾城他日尽诗人，
  只愁隔世红裙小，未免先生白发新，
  宋玉年来伤积毁，登墙何事苦窥臣？

我读来觉得他很潇洒。

一九九二年九月十四日 清晨

2/24 读了《北京城杂忆》

读了萧乾的《北京城杂忆》，他那流利而俏皮的京白，使得七十年前的北京城的色、香、味，顿时萦绕而充满了我的感官，引起我长时间地含泪的微笑！

萧乾是我小弟弟谢为楫的小学同学。他十几岁时就常到我家来玩。一九二六年我从美国学习回来，那时他是北新书局的小职员，常来给我送稿费。他一面从拴在手腕上的手绢里拿出钱来，一面还悄悄地告诉我，这一版实在的印数不止三千册……此后他还在燕京大学上过学，在《大公报》当过记者。这几十年来，无论我们在国内或海外，都没有停止过通信。他算是和我相识时间最长的老朋友了。

他在《北京城杂忆》里，所谈到的七十年前北京的吃的、喝的、玩的、乐的，凡是老北京一般的孩子所能享受到的，他都满怀眷恋地写到了。但是孩子和孩子又有不同。那时的"姑娘"和"男生",就没有同等的权利!他和我小弟坐过的"叮当车"——有轨电车,我就没有为了尝试而去坐过。我也没有在路边摊上吃过东西。我在上学路上闻到最香的烤白薯和糖炒栗子,也是弟弟们买来分给我吃的。

谈到"吆喝",至今还使我动心的,就是北京的市声!夜深时的算命锣声,常使我怔忡不宁。而"硬面饽饽""猪头肉"和"赛梨的萝卜",也往往引起我的食欲,而我只吃到"赛梨的萝卜",也还不是自己出去买的。

谈到"布局与街名",我很有兴趣。我童年住过的中剪子巷,我认为一定曾是个很大的剪子作坊,因为在这条巷的前后,还有"北剪子巷"和"南剪子巷";还有我上中学时的"灯市口",上大学时的"佟府夹道"和"盔甲厂",这都是与住户的社会身份或职业有关的命名。这时我忽然想起在东城有紧挨着的"东厂胡同"和"奶子府",一定是明太监魏忠贤和皇帝的奶妈客氏的宅第所在地。

谈到"游乐",我连天桥和厂甸都没去过!我只逛过隆福寺庙会,因为它离我们家最近,是我舅舅带我去的。在人群里挤来挤去,我什么也没看清,只在卖棕人的铜盘边流连了一会儿,看那些戏装的武将,在盘子上旋转如飞,刀来枪往,十分有趣。隆福寺街,给我的印象很深。一来因为我父亲常带我去那条街上买旧书。二来那条街上有一间叫"福全馆"的饭店,是海军部职工常去的地方。福全馆有一种名菜叫"萨豆腐",因海军名宿萨镇冰将军爱吃它而出了名。福全馆里还有一座戏台,可以演堂会戏。一九二四年,我在美国学习,父亲来信说他的学生们为他庆祝六十大寿,在这戏台上客串了好几出戏。

总起来说，我对老北京的印象，并不像萧乾那么好，因为它和我童年住过的海阔天空的烟台、山清水秀的福州，都比不了。

我在《寄小读者》通讯二十里曾写过：北京只是尘土飞扬的街道，泥泞的小胡同，灰色的城墙，流汗的人力车夫的奔走。我的故乡，我的北京，是一无所有！

当然我也写了我仍热爱北京！因为这座城里住着我所眷爱的人。今天呢，大街小巷都铺上了柏油，尘土和泥泞没有了，灰色的城墙不见了，流汗奔走的人力车夫也改行了。因此我说，我对北京的喜爱是与日俱增的。

只有一事，我和萧乾有深切的同感，就是在礼貌和语言上，现在的北京人的"文明"程度，比七十年前的北京人就低多了！

还有就是在招徕旅客方面，我也觉得让外国客人住四合院，吃中国饭，比让他们住上"惟妙惟肖"的洋式饭店、吃西餐，更有吸引力。君不见，到蒙古旅游的人，都喜欢住蒙古包、喝奶茶、吃羊肉嘛？

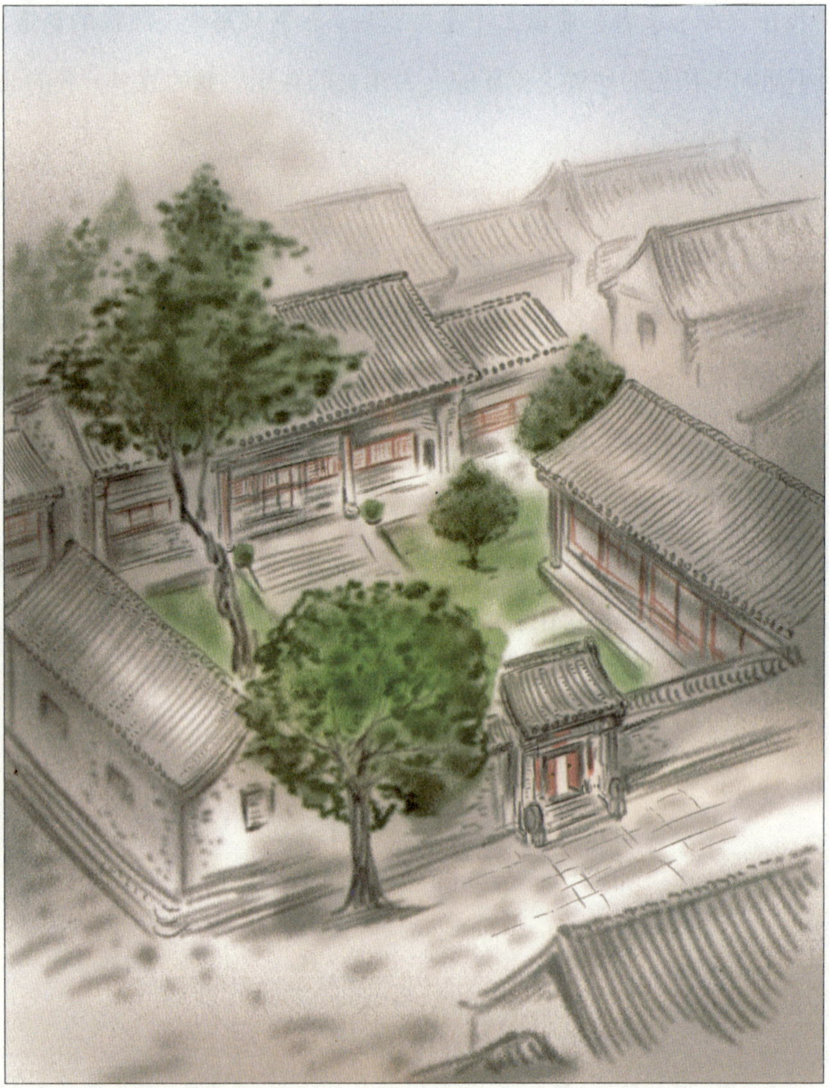

2
—
25

话说"秀才不出门"
——我的一天

自从做了不出门的秀才以来,"能知天下事"的途径,除了阅读报纸杂志以外,就是收听广播和收看电视了。应该说这些途径都给予我以很大的快乐和享受。我每天醒得很早,大约早晨四五点钟就完全清醒了,这时我想得最多:过去、现在,乃至未来的事,我都想到了。

我的床边小桌上,放着一架小钟,枕边放着一个手电筒和一个半导体收音机——这个收音机我记得是一九八〇年春我最后一次访日时,一位日本朋友送的。冬天亮得晚,我用手电照看,一到早晨六点,我就开始收听"科学知识"和"世界各地"节目,这些节目使我得到许多新的学问和知识。

以后再听"新闻和报纸摘要",才起来梳洗。用过早餐,写了头一天的日记,七点半我又躺下休息,准备上午应做的事,如写信、见客或写小东西,休息时当然不会睡着,而这时间从半导体收音机中听到正是我最喜欢听的《人民子弟兵》节目，它不但报道了全国各地各兵种战士们的动人的故事，还有历代名将的丰功伟绩。此后就是每天午后十二点半我再次休息时，收听的《小说连续广播》节目，有许多小说如《蹉跎岁月》《倾斜的阁楼》《新星》等，我都是通过十分清脆而传神的播音员口里听来的，似乎比自己看书时还带劲！再就是夜晚入睡前九点四十五分的"体育新闻"了。我看电视，也最爱看球赛，只要有中国队参加的任何一种球赛，我一场不"落"！我在晚上从不写字或看书，除了看电视，也不作任何消遣。七点钟的"新闻联播"当然要看了，音乐会和赛歌会我也爱看，遗憾的是电视节目预告的时间不如广播时间那么准确，广告和临时加入的短片也不少，好的故事片若是迟延了下去，就会把我"每夜十点前一定上床"的时间打乱了。

　　总体来说，我们国家的广播和电视节目的教育性很强，一般故事也很清洁健康。记得一九八〇年病前，我常参加访问团出国，在国外旅馆住着，夜里若不开会，我就喜欢独自关在屋里看电视。国外的电视台很多，放映的时间也很长——大都从早晨六点到夜里两点。放映的故事节目色情和凶杀的居多，中间还往往穿插许许多多的广告。因此每次从国外归来，在收听广播和收看电视时，都觉得耳目一清！

2-26

给下一代提供精神食粮
——读复刊后的《儿童文学》

近年来我的脑子里总在萦回着儿童读物的问题。似乎年纪越大,就越珍爱我们一生中所居住、工作、旅行过的地方——我们的社会、国家,甚至于世界。在我回忆着自己从儿童时代起,这几十年是怎样成长起来的?走过了什么样的道路?在这漫长的道路上有什么东西在支持鼓励着我们不断地前进?这时,我就不能不想到维持我们身心健康的精美的精神食粮问题,我更不能不想到我们将来的国家主人——我们的子孙后代。我们应该给他们准备什么样的精神食粮,使他们得以健康地茁壮成长,来承担起我们所未做过的伟大的事业,来完成我们所要达到的四个现代化这个艰巨而光荣的任务。

现在,让我来介绍我们为儿童准备的精神食粮中的一种——《儿童文学》,请老师、家长和儿童们来品尝一下,给我们提出改进的意见。

《儿童文学》创刊于一九六三年,它是在毛泽东文艺思想的指引下诞生的，由团中央和中国作家协会联合主办，是一个面向全国的儿童刊物。它通过儿童喜爱的各种题材和样式的文学作品，以共产主义思想教育革命后代，同时也团结了儿童文学工作者，培养了许多新人。老作家茅盾同志，曾在一九六四年五月二十日《人民日报》上发表过一篇《读〈儿童文学〉》的文章，他满怀热情地以家长的身份，对儿童文学的作者们表示了感谢，也提出了要求。他衷心盼望为儿童写作的新人将不断出现，愈出愈多，为祖国的两亿儿童提供更多更精美的精神食粮。他的这篇文章，使儿童文学工作者们受到了很大的鼓励。

但是，刚刚过了两年多的时间，《儿童文学》才出了十期，就被林彪和"四人帮"扼杀了。他们抡起"文艺黑线专政"论的大斧，在文艺的百花园中劈头砍去，连《儿童文学》这棵柔嫩的幼苗，也未能幸免！刊物被诬陷为大毒草，许多作者遭到了打击迫害，培养青年作者的活动，被责为阴谋放毒。刊物被迫停刊了十年之久！直到粉碎了"四人帮"，《儿童文学》才得以和对精神食粮如饥似渴的两亿儿童重新见面。今年下半年起，它将正式改为月刊，实现我们多年来的愿望。这真是小朋友们的一件喜事。

最近，我以爱惜欣慰的心情，把在十年之后重新发行的几期《儿童文学》细细地读了一遍。我的春潮般涌起的感想，是说不完的！我看到有十年前为儿童写作的作者，现在以更大的热情和更深的体会，继续为儿童创作。更可喜的是涌现了创作儿童文学的一批新人，这些新作家在这十年之中，在痛苦，在思考，在发现。这些在"四害"横行时期锻炼出的新人的作品，是我们在十年之前所想望不到的。让他们来为两亿儿童烹调精神食粮，在我，是满意和放心的！

这几期的《儿童文学》，总有几百篇作品，我不能详细地介绍了。如今我只提一些在我读完掩卷之后，脑中仍留有很深的印象的，来同大家谈一谈。

早已成名的作者，十年之后越写越深刻，越写越精炼了！

像王愿坚的《伟大战士的足迹》（第一期）和白桦的《小溪奔向大海》（第七期），是反映老一辈革命家伟大事迹的作品中最为突出的。主题鲜明，人物写得也好，好处在深刻、曲折而又流畅，读了使人敬仰低徊，不能自已！

胡奇的《老玉米》也写得很好。老玉米这个孩子是个极其逗人喜爱的形象，他仿佛就是我身边的孩子中的一个。这篇故事还有一个好处就是很短。现在的孩子们都忙得很，短文章可以使他们见缝插针，拿得起，放得下。同时，我认为短文比长文更不好写，剪裁洗炼，要用上不少的"匠心"。柯岩的诗《陈景润叔叔的来信》（第五期）我也很喜欢。看起来合理，读起来顺口，结尾也很有力。

柯岩的诗，我一直就很爱读，尤其是她的儿童诗，活泼，带劲。

新作家的作品，有刘心武的《玻璃亮晶晶》（第一期）值得一读，作品写粉碎"四人帮"前后，同学之间感情的变化。隔着玻璃，孩子的心灵是亮晶晶的，望到了二十三年后光明的未来。

韩静霆的《捕蛇将军的后代》（第二期）给我们以新的知识。知识童话应该写得这样地有趣动人。

李凤杰也是一位新作者，他的《诚实》（第七期）讲的也是"四人帮"横行时期的故事，一个诚实的孩子怎样勇敢地保卫着他们的忠诚党的教育事业的老师。故事和文笔都很动人。

再就是谷应的《阿灼的小刀》（第五期），这个故事里套着一个故事，显得造局很新颖。一个受过"四人帮"毒害做了坏事亟想改过而又不敢承认的孩子，听到了他所偷到的小刀的原主、藏族儿童阿灼，因为掩护红军而被敌人杀害的故事，终于感动得承认了错误。故事的发展是用孩子的几封信来叙述的，效果也不错。

最后，我还要提到几位老作家，像叶君健、金近、贺宜、刘厚明……也都为《儿童文学》写了童话、小说，他们是不需要我来介绍的。他们为儿童写作，孜孜不倦，数十年如一日的这种精神，是值得我们尊敬和学习的。

谈到童话，在第五期里共有十篇，儿童们的反应很好。在第四期还有七篇外国儿童文学。这些短篇十分适合儿童的需要，他们从故事里知道了关于其他国家的政治制度和人民的生活习惯。

从阿根廷故事《一本字典》这段故事里，他们会为一个穷孩子做了好事而不敢让父亲知道，这个奇怪的情节而感到难过。

还有英国作家写的《机器人福里戴》是篇科学幻想小说。儿童们对这种故事是最感兴趣的。

第六期里有三篇散文和游记：张鸣的《漫游西沙》、开华的《草原猎狼》和杨明渊的《擒野牛记》。这些作品也会引起小读者们的兴趣和激动。

孩子们爱看的东西，大人们往往也会爱看，会谈论出他们对于这本书的评价和希望。我们热诚地希望大人们也来看《儿童文学》，同小朋友们讨论讨论，给我们提出意见。我们复刊不久，该做而未做的工作还很多很多，读者们对我们的评论，就是把《儿童文学》推向前进的巨大动力！

2—27

多给孩子们写这样的作品
——介绍《小仆人》和《旅伴》

  这是一个晴朗的早晨。钻天杨的叶子，闪烁着露光，在微风中摇曳。树上一球球的槐花，从窗外透进清香。案头一瓶新摘下来的玫瑰，衬托在满窗的绿意里，显得分外鲜明。上学的孩子们的细碎的脚步和活泼的笑声，不断地从楼前经过。

  这些日子我心中不断思索的问题，也随着他们的笑声和脚步，引向很远很远的地方。

  我们的孩子，真是太幸福了！他们是不是知道人间有忧苦事？他们是不是知道他们现在所处的宁静快乐的环境，是千千万万的革命先烈用鲜血得来的？他们是不是知道就在这明媚的春光里，世界上其他角落里还有千千万万和他们年龄相仿的孩子，在受着欺凌、受着压迫？这些问题，一直在我的脑际萦绕。假若我们让我们的一亿以上的少年儿童，浑噩无知地

生活下去，结果会出现怎样的局面呢？他们就会变成只图自己的安乐，不顾他人的苦难，贪生怕死，鼠目寸光的人。而我们一百多年来许多烈士、许多革命者前仆后继、流血流汗所换来的胜利果实，就有丢失的危险！

因此，作为长辈的我们，责任就分外加重了。孩子是革命的接班人；但是接班人是要教育出来的。教育得好，班就接得好；教育不好，就接不了班。孩子正处在求知欲的旺盛时期，正处在品德成长的时期，最需要给他们灌输一些他们所最需要知道的故事：

一种是我们前人革命斗争的故事，使他们知道我们的革命先烈，为着挣断世世代代套在人民身上的枷锁，所受过的种种艰难和困苦。让他们晓得他们现在所享受的自由和幸福，并不是毫不费力地从天上掉下来的。让他们记住，世界上还存在着帝国主义者和反动派，他们若不继续努力，不断革命，前人所受过的苦难，还会重新临到他们身上。

另一种是世界上三分之二的地方，在殖民主义统治下，在资本主义制度下生活着的孩子们的故事，使他们晓得当他们在学习，在歌唱，在游戏的时候，就在同一个太阳底下，还有多少受苦难的异国孩子，在叹息，在呼号，在挣扎，这些孩子需要他们的同情和支持。让他们晓得，只有世界上一切受苦的人都得到解放之后，我们才能得到真正彻底的解放。让他们记住，支持了世界上为自由独立而斗争的人们，也就是支持了我们自己。只有全世界的人同心协力，从各个角落掀起不断的斗争，才能把帝国主义和反动派从世界上消灭干净。

在这里，我要介绍两本短篇小说集：《小仆人》和《旅伴》，它们是叶君健同志为儿童写的，反映外国儿童生活的作品。作者有很丰富的旅行经历，他写下了他所见过的许多海外儿童，有的是生活在社会主义制度下的儿童，像《小仆人》里的"小画家"和"未来的建筑师"；但是更多的是生活在资本主义制度下劳动人民的孩子。作者在《小仆人》的后记中说：

生活在不同社会条件下的人，会有不同的遭遇命运。

从这本小书里的几个故事中，我们也可以看出这种情况。

有的小朋友很幸运，他们得到社会的帮助和培养，在稳步地向美好的事业和生活前进。

有的小朋友很悲惨，他们受到社会的打击和摧残，他们没有美好的事业和生活，但他们却正为这个目标而斗争。我想我们生活在一个优越社会制度下的人，在创造我们的美好生活的同时，也应该了解和关心那些生活在极端恶劣社会环境下的小朋友。

作者就是怀着这个真挚的愿望来为中国儿童写作的。他笔下的外国儿童，如《"天堂"外边的事情》里的意大利孩子亚贝尔托，《小厮辛格》里的尼泊尔孩子辛格，《小仆人》里的阿拉伯孩子阿卜杜拉，《新同学》里的法国孩子夏克斯和西班牙的孩子尼米诺等，都是充满了正义感和同情心的儿童。他们在黑暗的环境中和强暴的势力下，决不忍受，决不屈服，在他们幼小的心灵中，已经萌茁着反对帝国主义、反对殖民主义的种子。看了这些故事，会把我们小读者的同情和关怀，引到世界各地，这亿万颗长着阶级友爱翅膀的火热的心，对于反对帝国主义保卫世界和平是会起极大的作用的。

文学作品反映外国儿童生活，不是一件容易的事情，尤其是儿童文学。你不但要熟悉儿童，还要熟悉你所描写的儿童的生活中的一切。作者在《旅伴》的后记中说：当然，文学作品不可能都根据真人真事。但是真人真事有时可以启发一个人作许多联想。

即使是这个"联想"，若不是脑中积累有许许多多和这一真人真事有关的历史、地理、文化、风俗等的知识，是不能"联想"出什么动人而有说服力的故事来的。这两本书的难能可贵处也就在此。

我想，在我们国家和世界各国的友好来往日益频繁的今天，我们的工人、干部、青年、妇女、演员、运动员……的足迹走遍了五大洲。他们每人一定都有自己的观察、自己的感受。我们中间也还有归国的侨民，航行的海客，他们也都有说不尽的海外生活故事，这些故事正是我们儿童所最喜爱、最需要的。他们不但会受像《小仆人》和《"天堂"外边的事情》这类故事的激发，也会被像《新同学》和《别离》这类故事所鼓舞。让我们这些有过海外经历的人，都向叶君健同志看齐，多给孩子们写些引导他们多关心海外儿童生活的故事。

这对于加强下一代的国际主义教育，对于丰富孩子们的知识，扩大孩子们的眼界，以至于对促进儿童文学事业的繁荣，都是大有好处的。

2
—
28

《海市》打动了我的心

　　我很喜欢读杨朔的散文，他在我所爱读的现代作家中，有他独具的风格。昨夜枕上忆起司空图《诗品》中几个断句，我想假如刘白羽的散文像"采采流水，蓬蓬远春"的话，那么杨朔的散文就是"落花无言，人淡如菊"了。

　　我喜欢杨朔的散文，有几个原因，一个是：他所抒写的东西，有些是我所熟悉所热爱的，比如说，渤海湾的山水人物。看到关于这些的描写，往往使我心魂颤动！这些东西是常常在我的心头，而没有到得我的笔下，原因是解放后我还没有到渤海湾去过。但是假如我去过了，能不能写得这样好呢？

　　车子沿着海山飞奔，我闻到了一股熟悉的海腥气，听见路两边飞进车来的那种极亲切的乡音，我的心激荡得好像要溶化似的，又软又热……

——《蓬莱仙境》

这一带岛屿烟笼雾水绕，一个衔着一个，简直是条锁链子，横在渤海湾里……

说起野花，也是海岛上的特色。春天有野迎春……到冬天，草黄了，花也完了，天上却散下花来，于是满山就铺上一层耀眼的雪花。

——《海市》

《海市》里几篇描写作者故乡——山东蓬莱——的景物，就是这样的道地、亲切、引人入胜。只有在那"海水碧蓝碧蓝的，蓝得人心醉"的地方，度过孤寂的童年的人，才会深刻地感到那文章真切得就像听家人骨肉的闲话家常一样，而在这几篇散文里，关于沿海人民的家常，读来又是如何地沉痛！

坟里埋的是一堆衣服、一块砖，砖上刻着死人的名字。死人呢，早埋到汪洋大海里去了……你想这捕鱼的人，一年到头漂在海上，说声变天，大风大浪，有一百个命也得送进去……一刮大风，妇女孩子都上了山头，烧香磕头，各人都望着自己亲人的船，哭啊叫的，凄惨极啦——别说还有船主那把杀人不见血的刀逼在你的后脖颈子上。

这一段话，把我唤回到半世纪以前去：这一天的傍晚，照旧是白帆点点，像一簇飞蛾似的，渐渐地消失在地平线以外，我每天看到的渔舟都出海去了。夜半起了大风，挟着暴雨，把长着密叶的巨枝，压得在铁纱窗上扫来扫去，簌簌作响，雨点打在玻璃窗上就像敲竹一般！第二天起来，仍是风狂雨骤，满院子都是落叶断枝。急忙上楼看时，海上是白浪滔天……海边上那座小小的门上贴着"群生被泽，四海安澜"的龙王庙，不断地有哭哭啼啼的妇女们出来进去。过了几天，几乎整个村里人家的门上都糊上白纸，那一夜翻了有一二百只的渔船！不久以后，我在海边玩耍，看见退潮的沙滩上有个头颅骨，一只小小的螃蟹，在雪白空洞的眼眶间出入……那一两个月中，我们一家人都吃不下鱼鲜去！

"行船走水三分命"，从前的渔人的命运就是这么悲惨的！

那些"船主的杀人不见血的刀逼在后脖颈子上"的、我所不知道的剥削压迫的事实，就更不知有多少了。当我读到《蓬莱仙境》和《海市》这两篇，写着沿海人民在党的领导下，终于把命运抓到自己的手里，把活地狱变成海上仙山的时候，我如何能不从心底涌上无边喜悦？

文章里写到海边上的一场：渔民怎样捞虾，怎样下网，怎样铲鲍鱼，以及朝霞似的桃花，雪团似的海鸟……都引起我的数不尽的回忆，真是不胜神往，甚至有些字，像"海沿""地场"，若是用山东口音念出来，都是熟悉得使人心软心热的字眼！"海沿"就是海边，"地场"就是地方，但是我不曾听到这些，已经有好多年了呵！

《海市》里还有些文章，是作者在外国的经历，这些地方有我去过的，也有我没有去过的。据我自己的经验，这种文章，是不容易写得好的。你到了一个不熟悉的地方，想到这地方的"过去"，看到这地方的"现在"，推想到这地方的"将来"，真是感想纷起。在你同当地人民接触的时候，作为一个从新中国去的人，总会受到十分温暖诚挚的款待，人家也是把中国的过去、现在、将来，都安放在你的身上的。这时候，写得太一般了，像"红旗如海，旗帜如林""紧紧的握手，热烈的拥抱"等，不但读者看过不留印象，自己也总觉得词不达意、言之无物！所以，要能抓住一个突出的现象，来描写异国人民的思想感情，就全凭作家的选择和技巧。

我喜欢杨朔散文的另一个原因，就在这里！在《埃及灯》里面，作者就选择一位姓名都不知道的"耳朵上摇着两只金色大耳环"的女舞蹈家，来代表埃及，她送给作者一盏小埃及灯，于是在作者参加北京人民支援埃及示威游行时，他眼前出现了：

……我看见的那对大耳环不是孤孤零零的，而是夹在奔跑着的人流里边；每人拿的也不是一盏小灯，而是千千万万闪亮的火把……

我愿意把我的生命化做一支小小的蜡烛，插在埃及灯上，只要能发出萤火虫尾巴那么点大的光亮，照亮你们比金子还要可贵的心，就算尽了我应尽的友谊。

还有在《金字塔夜月》里，作者把埃及人民保卫塞得港的可泣可歌的一段历史，在金字塔的月影下，由一位老看守勇敢简洁地说了出来：

他咽口唾沫说："我儿子不再守卫这个，他守卫祖国去了。"

黑胖子对着我的耳朵悄悄说："别再问他这个。他儿子已经在塞得港的战斗里牺牲了，他也知道，可是他从来不肯说儿子死了，只当儿子还活着。……"

这样的儿子，是永远不死的，多么英雄的儿子，多么坚强的父亲呵！

这本集子里，还有作者随军时代的一些回忆，像《百花山》《铁流的故事》，都是用最朴素的文笔，描写着最朴素的杀人亡命的农村青年，在革命战争中成长为闪闪发光的解放军战士；以及从最平常的故事里说出外国具有爱国主义、国际主义精神的革命文学作品，怎样地引起一个最怕学习的饲养员的热爱，使他认为："反正一听，就觉得特别够味，好像喝了四两白干，浑身上下都是力气，你叫我跳到火里去打鬼子，我也敢去。"

在这里，我不想多抄这本集子里我所喜欢的篇目和句子，爱读散文、学写散文的人，最好还是去翻翻原作。在集子后面的几篇文章，如《我的改造》《写作自白》里，把写作的关键问题和作品的欣赏问题，都说得很诚恳，也很深刻。在《写作自白》的第三段里有几句话，简直是替我说的：说这部作品一点不动人。所谓打动不打动，就是说看作品的感情是不是戳了你的心。我觉得，在正当的思想基础上，这种最直接的感觉常常就能够衡量一部作品的价值。

《海市》打动了我的心，首先是我直接感觉到作者对于他所描写的人民和地方，是有真挚丰富的感情的，恰巧我对于作者所描写的某些人民和地方，也有过相当的接触，也有着浓厚的感情。加以作者的文笔，称得上一清如水，朴素简洁，清新俊逸，遂使人低徊吟涌，不能忘怀。作者在"小序"上自己说"好的散文就是一首诗"，那么，这个集子里，就有好几首诗。我还记得在好几个月以前的《人民日报》第八版上，看到作者哀悼喀麦隆革命领袖穆米埃遇害的文章，还有一九六一年《人民文学》三月号上有一篇《茶花赋》，也都是好散文，值得一读。

我喜欢用散文的形式写作，因此也更细心地读散文作品，为着鉴赏，也为着学习观摩。

从这些年来写和读的经验里，我发现真正好的散文是难得的，能够把散文写得动人，不是一件容易的事情。不热爱自己所描写的对象，感情不真挚，不到非写不可的时候，就写不好；同时，词汇不够，心里有话，笔下说不出，也写不好；词汇丰富了，还没有熟练到会把恰当的字眼放在恰当的地方，也仍然写不好。因此，作者要一方面深入人民的生活激流，去培养自己对于人民生活的感受和热爱，一方面要多读（古今中外的作品都要读）多写，来锻炼自己写作的技巧。《海市》就是可读的现代散文作品之一。

2—29

读书

我常想，假如我不识得字，这病中一百八十天的光阴，如何消磨得下去？

感谢我的母亲，在我四五岁时，在我百无聊赖的时候，把文字这把钥匙，勉强地塞在我手里。我七岁时，独游无伴的环境，迫着我带着这把钥匙，打开了书库的大门。

门内是多么使我眼花缭乱的画面！我一跨进这个门槛，我就出不来了！

我的文字工具，并不锐利，而我所看到的书，又多半是很难攻破的。但即使我读到的对我是些不熟悉的东西，而"熟能生巧"一个字形的反复呈现，这个字的意义，也会让我猜到一半。

我记得我首先得到手的，是《三国演义》和《聊斋志异》，这里我只谈《聊斋志异》。

《聊斋志异》真是一本好书，每一段故事，多的几千字，少的只有几百字。其中的人物，是人、是鬼、是狐，都有自己独特的性格。每个"人"都从字上站起来了！看得我有时欢笑、有时流泪，母亲说我看书看得疯了。不幸的《聊斋志异》，有一次因为我在澡房里偷看，把洗澡水都凉透了，她气得把书抢过去了，撕去了一角，从此后我就反复看着这残缺不完的故事，直到十几年后我自己买到一部新书时，才把故事的情节拼全了。

此后是无论是什么书，我得到就翻开看。我记得得当我八岁或九岁的时候我要求我的老师教给我作诗，他说作诗要先学对对子，我说我要试试看。他笑着给我写了三个字，是"鸡唱晓"，我几乎不假思索地就对上个"鸟鸣春"，他大为喜悦诧异，以为我自己已经看过韩愈的《送孟东野序》。其实，"以鸟鸣春，以雷鸣夏，以虫鸣秋，以风鸣冬"这四句话，我是在一张香烟画后面看到的！

再大一点，我又看了两部"传奇"，如《再生缘》《天雨花》等，都是女作家写的。

书中的主要角色，又都是很有才干的女孩子，如《再生缘》中的孟丽君，《天雨花》中的左仪贞。故事都很曲折，最后还是大团圆。

与此同时，我还看了许多商务印书馆出版的"说部丛书"，其中就有英国名作家狄更斯的《块肉余生述》，也就是《大卫·考伯菲尔》，我很喜欢这本书！译者林琴南老先生，也说他译书的时候，被原作的情文所感动，而"笑啼间作"。我记得当我反复地读这本书的时候，当可怜的大卫从虐待他的店主出走，去投奔他的姨婆，旅途中饥寒交迫的时候，我一边流泪，一边掰我手里母亲给我当点心吃的小面包,一块一块地往嘴里塞,以证明并体会我自己是幸福的!有时被母亲看见了,就说"你这孩子真奇怪,有书看,有东西吃,你还哭!"

事情过去几十年了,这一段奇怪的心理,我从来没有对人说过!

2
—
30

《华夏诸神》读后

作家马书田送我一本《华夏诸神》，读后觉得十分新奇有趣。我们谢家，从来除了祖宗牌位之外，不供任何神佛。许多关于神佛的事，都是我从书上看到的，如《西游记》之类。

我对于《华夏诸神》中的神，最有印象的是"土地"，大约是八九岁的我，在山东烟台东山的村子、金钩寨的街上，看见过一座极小的庙宇，里面供着两位老人，是"土地爷"和"土地奶奶"。使我久志不忘的是庙门上的对联"此谓民之父母；以能保我子孙。"我曾就这副对联为题目，写过一篇短文。

此外就是"妈祖娘娘"了，也在我七八岁的时候，跟着我的父亲，到过烟台市的福建会馆，会馆前面有一座很大的天后宫。这宫殿建造得十分壮丽辉煌，宫门上有一幅很大的横匾，上面写着"海不扬波"。听父亲说：

这天后宫的一切雕梁画栋，都是由福建做好送来的。天后是中国唯一的海的女神，她是福建莆田人，姓林名默，关于她的神话很多，实际上，她的生地莆田湄州屿是个海岛，她一家都是渔民，她从小练就一身好水性，常常乘船渡海，也多次在暴风雨中救护过遇难的渔民和商人，被人们尊称为神女、龙女。在一千年前的一个大风暴中，她奋不顾身地去抢救遇难的渔民，不幸被强大的台风卷去……她生于宋太祖建隆元年（九百六十年），只活到二十七岁，未婚。

她死后被奉为女神，中国的每个港口，都有她的庙宇，此后的历史上关于她海上的神迹实在太多了！

民国时期，海军中福建人居多，每次我随父亲到军舰上访友时，军舰上的水兵，往往把我带到他们的房舱里去参拜天后，在天后的牌位小桌上，都摆着许多供品，还有酒瓶酒盅。

他们说：天后可灵着呢！在海上遇到大风大浪时，连厨舱里的杯盆都倒翻了，只有天后供桌的酒杯，却安然不动。我问父亲是不是这样？父亲笑说，他没有到水兵舱里去证实过，酒杯不动，也许是因为它们太小的缘故。

总而言之，我很为我们中国有一位"海的女神"而且她还是福建人而感到自豪！虽然它只是一个美丽的神话传说。

2
—
31

"是非"

我们评论一件事或是一个人的时候，常常要提到"是"或"非"这两个字，谈惯了觉得很自然——然而我自己心中有时却觉得不自然，有时却起了疑问，有时这两个字竟在我意念中反复到千万遍。

我所以为"是"的，是否就是"是"？我所以为"非"的，是否就是"非"！不但在个人方面，没有绝对的"是非"；就是在世界上恐怕也没有绝对的"是非"。

在我以为"是"的，在他又以为"非"；这时代里以为"是"的，在那时代里又以为"非"；在这环境里以为"是"的，在那环境里又以为"非"，在这社会里以为"是"的，在那社会里又以为"非"；是非既没有标准，各是其是，各非其非，于是起了世上种种的误会，辩难，攻击。

是抛弃了我的"是"，去就他的"非"呢？还是叫他抛弃他的"是"，来就我的"非"

呢？去就之间，又生了新的"是非"的问题。

"是非"是以"良心"为标准么，但究竟什么是"良心"？

以"天理"为标准么，但究竟什么是"天理"？又生了一个新的"是非"的问题，只添给我们些犹疑，忧郁，苦恼。

"是非"的问题，便是青年时代最烦闷的问题中之一。

我竭力地要思索它，了解它，结果是只生了无数的新的"是非"问题，——我再勉强地思索它，了解它，结果是众人以为"是"的，就是"是"，众人以为"非"的，就是"非"，但是"是非"问题就如此这般的解决了么？"我"呢，"我"到哪里去了？有了众人，难道就可以没了"我"？

这问题水过般，只是圆的运动，找不出一个源头来——思索到极处，只有两句词家的话，聊以解脱自己："人生了事成痴，世上总无真是非。"

但此是解决"是非"的方法么？我还是烦闷。

安于烦闷的，终究是烦闷，不肯安于烦闷的，便要升天入地地想法子来解决它。

解决未曾解决的问题。

求真理——求绝对的真理。

2
--
32

淡泊以明志，宁静以致远

我最喜欢诸葛亮说过的两句话："非淡泊无以明志，非宁静无以致远"。所谓淡泊，我理解就是一个人对于物质生活不要过分奢求，安于过得清简、素朴一些；宁静则是心里尽可能排除掉个人的杂念，少些私心。这样，人生在世，不为个人私利操劳所累，把自己的志向同革命的事业融合在一起，他的心胸就会宏大起来，精神就会充实起来，心情自然就可以乐观，情绪自然就会昂奋。一个性格爽朗，心境总是愉快的人，是不会因伤神而伤身的，再加上适合自己情况的经常性地锻炼，起居饮食养成一定的规律，他（她）终会健康长寿。

我今年已经八十二岁，年事也可谓高矣。虽然近来身体也不太好，但我雄心尚在，还要抓紧时间，争取为我们可爱的社会主义祖国多做点事。近来，不少来京参加鲁迅先生诞辰一百周年和辛亥革命七十周年纪念活动的国内外朋友来看我，从他们那里我听到不少很令我鼓舞的事情，促使我拿起笔来。今后，我首先打算写好我的自传，我想用自己亲身经历过的事，把资本主义制度、旧社会和我们美好的社会主义制度来比一比，也许会对年轻的朋友们和我们的下一代有所教益。

　　成立老年医学学会是个很好的事情，这项工作是十分有意义的，把老年医学直到整个老年学作为一项科学来研究在我国还是较新的，从历史上看，我们国家有着丰富的健身增寿的经验，所以我感到这项研究工作应体现我们民族自己的特点。希望学会经常总结、介绍、交流老年长寿的经验，不断把这项研究工作推向前进，取得新的成就。

我祖父的自勉词

一九一二年我从山东烟台回到我的父母之乡福建福州,在我的祖父谢子修老先生身旁待了两年多,受尽了他的疼爱和教导。

他的书桌右壁上,有一副他亲笔写的对联:

知足知不足,

有为有弗为。

他珍重地对我说:"这是我的自勉词。'知足'就是有的事情应当永远'知足',比如物质上的衣、食、住、行等等,都不要苛求享受,而在操行、掌识等等的追求上,要永远'知不足'。'有为'呢,就是有些事情要永远努力去做,比如对人民、国家有益,能促进世界和平、人类进步的事。反之,对人民、国家、对世界和平、人类进步有害的事，都千万不能做。这是一个人对自己的起码要求，你现在才十二岁，来日方长，你要永远记住这十个字，努力去实践！"

　　这话说来，将近八十年了！这十个字我还是牢牢记住了，也努力去实践了。但是否都做到了？还不能由我自己来说。

2 — 34

忆读书

一谈到读书，我的话就多了！

我自从会认字后不到几年，就开始读书。倒不是四岁时读母亲教给我的商务印书馆出版的国文教科书第一册的"天、地、日、月、山、水、土、木"以后的那几册，而是七岁时开始自己读的"话说天下大势，分久必合，合久必分……"的《三国演义》。

那时我的舅父杨子敬先生每天晚饭后必给我们几个中表兄妹讲一段《三国演义》，我听得津津有味，什么"宴桃园豪杰三结义，斩黄巾英雄首立功"，真是好听极了。但是他讲了半个钟头，就停下去干他的公事了。我只好带着对于故事下文的无限悬念，在母亲的催促下，含泪上床。

此后，我决定咬了牙，拿起一本《三国演义》来，自己一知半解地读了下去，居然越看越懂，虽然字音都读得不对，比如把"凯"念作"岂"，把"诸"念作"者"之类，因为我只学过那个字一半部分。

谈到《三国演义》，我第一次读到关羽死了，哭一了场，把书丢下了。第二次再读时，到诸葛亮死了，又哭了一场，又把书丢下了。最后忘了是什么时候才把全书读到"分久必合"的结局。

这时我同时还看了母亲针线笸箩里常放着的那几本《聊斋志异》，聊斋故事是短篇的，可以随时拿起放下，又是文言的，这对于我的作文课很有帮助，因为我的作文老师曾在我的作文本上批着"柳州风骨，长吉清才"的句子，其实我那时还没有读过柳宗元和李贺的文章，只因那时的作文，都是用文言写的。

因为看《三国演义》引起了我对章回小说的兴趣，对于那部述说"官逼民反"的《水浒传》尤其欣赏。那部书里着力描写的人物，如林冲——林教头风雪山神庙一回，看了使我气愤填胸！——武松、鲁智深等人，都有其自己极其生动的风格，虽然因为作者要凑成三十六天罡七十二地煞勉勉强强地写满了一百零八人的数目，我觉得也比没有人物个性的《荡寇志》强多了。

《精忠说岳》并没有给我留下太大的印象，虽然岳飞是我从小就崇拜的最伟大的爱国英雄。在此顺便说一句，我酷爱古典诗词，但能够从头背到底的，只有岳武穆的《满江红》"怒发冲冠"那一首，还有就是李易安的《声声慢》，她那几个叠字："寻寻觅觅……凄凄惨惨戚戚……"写得十分动人，尤其是以"寻寻觅觅"起头，描写尽了"如有所失"的无聊情绪。

到得我十一岁时，回到故乡的福州，在我祖父的书桌上看到了林琴南老先生送给他的《茶花女遗事》，使我对于林译外国小说引起了广泛的兴

下篇：聊聊读书

趣，那时只要我手里有几角钱，就请人去买林译小说来看，这又使我知道了许多外国的人情世故。

《红楼梦》是在我十二三岁时候看的，起初我对它的兴趣并不大，贾宝玉的女声女气，林黛玉的哭哭啼啼，都使我厌烦，还是到了中年以后再拿起这部书看时，才尝到"满纸荒唐言，一把辛酸泪"，一个朝代和家庭的兴亡盛衰的滋味。

总而言之，统而言之，我这一辈子读到的中外的文艺作品，不能算太少。我永远感到读书是我生命中最大的快乐！从读书中我还得到了做人处世的"独立思考"的大道理，这都是从《修身》课本中所得不到的。

我自一九八六年到日本访问回来后即因伤腿闭门不出，"行万里路"做不到了，"读万卷书"更是我唯一的消遣。我每天都会得到许多书刊，知道了许多事情，也认识了许多人物。同时，书看多了，我也会挑选、比较。比如说看了精彩的《西游记》就会丢下烦琐的《封神榜》，看人物如生的《水浒传》就不会看索然无味的《荡寇志》等等。对于现代的文艺作品，那些写得朦朦胧胧的、堆砌了许多华丽的词句的、无病而呻、自作多情的风花雪月的文字，我一看就从脑中抹去；但是那些满带着真情实感、十分质朴浅显的篇章，哪怕只有几百几千字，也往往使我心动神移，不能自已！

书看多了，从中也得到一个体会：物怕比，人怕比，书也怕比，"不比不知道，一比吓一跳"。

因此，某年的六一国际儿童节，有个儿童刊物要我给儿童写几句指导读书的话，我只写了九个字，就是：读书好，多读书，读好书。

2
—
35

雪窗驰想

窗外下着大雪。我站在窗前凝望,这雪已经下了几天了,到处是白花花的一片,空气清新得沁人心脾……

我想,这雪景真美,可是多难描写!这时我脑中奔驰过许许多多小时候看过的书,这几部书里都有一段以雪为背景的故事。

首先是《西游记》里的妖魔,灵感大王,利用唐僧"取经心急"的心理,在八百里的通天河上,下了一阵"纷纷洒洒,剪玉飞绵"的大雪,把通天河冻得镜面一般,诳得唐僧一行四众,"对着星月光华,映的冰冻上,亮灼灼,白茫茫,只顾奔走……"落到他的手里。

再就是《三国演义》里刘玄德三顾草庐之中的第二次,也遇着"朔风凛凛,瑞雪霏霏,山如玉簇,树似银装"的严冬天气。本来不赞成他去的莽张飞,又劝他"风雪甚紧,不如早归",刘玄德求贤心切,终于冒雪到了草堂,却又扑了一空!

还有一段是《红楼梦》里，贾宝玉惦记着要在芦雪亭和姐妹们赏雪作诗，一夜没有睡好，早起只见窗上"光辉夺目"，以为是天晴了，揭开窗屉一看，"原来地上已有一尺来厚，天上仍是搓绵扯絮一般……"

最好的还是《水浒传》里"林教头风雪山神庙"那一段，描写得最朴素，生动，从"正是严冬天气，彤云密布，朔风渐起，却早纷纷扬扬卷下一天大雪来"起，描写出一个孤愤的林冲"雪地里踏着碎琼乱玉，迤逦背着北风而行，那雪正下来得紧"……

这四段的雪景里，有不同时代、不同愿望的四个人物……

我的回忆不断地奔驰，多少描写雪景的字句，从我脑中掠过，最后在毛主席的《沁园春》词上停住了。这首咏雪的千古绝唱从"……千里冰封，万里雪飘"，到"数风流人物，还看今朝"一气呵成，上半阕是祖国纵横数十万里的土地，下半阕是历史上，上下数千年的英雄，最后是今日此地掌握了马列主义、自己解放自己的一代风流人物。在短短的几十字中，看出我们伟大的领袖，胸襟之宽，气魄之大，而我们伟大的领袖，又何等地为这一代的风流人物而感到欢喜而自豪！

银灰色的天空中，大雪仍在飘飘扬扬地下着。我的心中，感着无边的宁静与欢喜。我不再驰思，我只望着这片白茫茫的大地。"玉簇"的小山上，有几棵小树的枝头，还留着几丛枯叶，茸茸的雪片堆在上面，好像朵朵的棉桃。我想起我所看过的几个人民公社，和公社里的平整的一望无际的麦田，还有许多黝红的健康而朴素的笑脸。这几天的大雪，应当给他们以很大的喜悦吧！我记得上月底在邯郸访问期间，邯郸也下了三天的大雪，农民们高兴地说："小麦盖上三层被，明年枕着馒头睡"，这十四个字里，没有一个"雪"字,却描写出了"雪"给他们的喜悦——但是我知道我们勇敢勤劳的农民,是不会"枕着馒头睡"的,他们不是也说过"年年争取更大的丰收"么?